網路上的
魚與貓

九方思想貓——著

推薦序

《德吉洛魔法商店》作者　山梗菜

IG對我來說，是一個發表自己照片的地方。但是在看到九方思想貓的《網路上的魚與貓》以後我才知道，原來有IG小說這樣子短而精美的創作形式！

以網路線上遊戲為題材的愛情故事裡，九方思想貓以細膩的筆觸描繪出第一次戀愛的悸動反應、學業上的挫敗感、對人生的迷惘、家庭成員之間的爭執或者是第一次戀愛的青澀互動，全部都讓人感同身受，然後回想起記憶之中的酸甜回憶。就算沒有玩過線上遊戲的人，我相信看完以後一定也能夠感受那份情感。

推薦序

《關於我在災難科幻故事裡擔任保全一事》作者　秋茶

我與九方貓老師相識，至今已有三個年頭。記得那時遭逢挫折的我，正準備脫離原創星球，搭乘前往巴哈姆特的移民太空梭。座位旁的乘客為什麼是一隻貓，老實說我也沒太多想，就這麼和對方交換了名片。

不換不知道，一換不得了。沒想到這隻貓身懷絕技，不僅精通各種類型的故事創作，甚至還雙修繪圖，以一隻貓而言，絕對是件相當了不起的事情。

我時常把一句話掛在嘴邊「放棄的夢想，終究會回來」，然而作為這句話的實踐者，九方貓老師的熱力完全不輸給年輕人，時而和我切磋鼓勵，甚至還在我病倒的時候，照三餐關切我的近況（每天一餐就可以了啦！）。

因此這次很高興受邀幫忙九方貓老師寫推薦序，作為都市戀愛小說的好手，老師的故事總是令我既期待又怕受傷害。每當在書中讀到緊張的情節，都會令我停止呼吸和翻書，直到準備好才能鼓起勇氣翻開下一頁。

不曉得各位是否喜歡檸檬茶呢？相較珍奶的甘甜，我更中意檸檬酸澀的感覺。記得小學時的我愛不釋手，每天就會在放學途中買來喝。

隨著時光流逝，現在的我已經能夠正確品味苦澀，檸檬茶的排名早已掉出個人的十大排行榜，但是我一次也不曾忘記，那宛如初戀般酸酸甜甜的滋味。

喜歡戀愛故事的人，一定會喜歡這本《網路上的貓與魚》。

目　次
CONTENTS

一、吸貓的秋刀魚

魚在網路遊戲上的暱稱是「吸貓的秋刀魚」。

在遊戲《聖泉傳說》裡選擇成為祭司，單練「讚美」與「補血」技能的他，在職業特性上，是無法自己一人獨活的。

他其實也沒有一起玩的朋友，而沒有固定的隊友，就註定了十分緩慢的練功速度。

究竟為什麼這麼做？

是因為課業上的壓力太大嗎？還是因為選讀了一個自己根本不知道想不想念的科系？魚也並不清楚。

他只知道，在《聖泉傳說》裡，僅僅需要操作角色，拿起聖典拍打可愛的小魔物，打敗畫面上彈跳的「兔子果實怪」，人物慢慢會升級。

彷彿成長就是這麼容易的事。

新手區裡，通常超過九級的玩家，就會跟著任務轉換到下個地圖練功。然而他獨自一人敲著「兔子果實怪」，日復一日，花了一個月的時間才終於來到等級十五。這段時間裡，身旁的玩家來來去去，如同現實生活裡一樣繁忙且沉默，鮮少有人在他身邊駐足。

但這一天卻有些不同。

一位看來也是新手裝扮的玩家，正興致盎然地在他身邊徘徊不去。

最後甚至索性坐在他身邊，看他用聖典一下下拍打兔子果實怪的「英姿」。

這麼不尋常的玩家，魚還是第一次看到。

那位女性角色頭上懸浮著「零分果汁貓」幾個字，看來像是隨便取的暱稱。人怪，暱稱也怪，行為更怪。

「妳不解任務，也不練功嗎？」魚停下了動作，回頭望向那位玩家。

「你不也是嗎？」貓動也不動地說：「看你人物特效閃啊閃的，明明點了很多技能在用，為什麼不出去找隊友呢？」

「就……心情上沒準備好吧。」

「那我們組隊，以後給你吸經驗吧，註定的。」貓說，還點了個大笑的表情符號。

「咦？」

「註定的啊。」貓大笑的動作連發，「你不是吸貓的秋刀魚嗎？」

從那一天開始，魚就和「零分果汁貓」組隊了。他們的等級本就相差不多，所以要真的作一隻「吸貓的秋刀魚」也並不是什麼難事。

她的角色是身手敏捷的拳鬥士，擁有高強的機動力、堅實的防禦力，和相對比較弱的攻擊力。有了魚的祭司技能「戰神附體」與「迅捷聖言」，攻擊力得以提升的貓打怪虎虎生風，練功更是如虎添翼。

又一個月的時間下來，兩人都已來到了四十級。

較之從前，魚花了相同的時間，才在新手區勉強升到十五級，吸貓練等，速度果真不可同日而語。

在網路遊戲裡，女性角色向來比較受歡迎，而貓又非常樂於與人交流，她的遊戲好友，短時間內便增加了不少。儘管只是「順便」，作為貓的固定組隊搭檔，魚的好友名單也變得越來越長，他也越來越能發現——這隻貓對網路上的玩家非常欠缺設防。

「妳要小心，不要一下子就被人佔便宜了。」魚說。

「魚不只是職業選了只能照顧人的，你的個性也很愛照顧人嘛。」貓答，伴隨著大笑的表情動作。

那個開懷大笑的動作就像是「零分果汁貓」的招牌一樣，魚漸漸覺得每天沒看上幾次，就像是一天還沒開始似的。

如同是早上的第一杯咖啡，或下課後饑腸轆轆時的一頓飽飯。

回過神來，自己沉迷在網路遊戲上，也有段時日了。經常性的蹺課，讓他搞不清楚當前課程的進度究竟到了哪裡。

雖然是因為對未來感到迷惘，才選擇在網路遊戲中浮沉，但要是弄到被退學的話可就真的大事不妙。

魚久違地打開手機電源，看看消失了兩個月的自己，究竟都錯過了些什麼……

「余韜秋，你太誇張了，今天期中考第一天！你竟然蹺期中考？」最新的一則簡訊這麼寫道。

日期正是在昨天，魚的眼睛睜得大大的，老半天說不出話來，隨後暗暗嘆了口氣，穿戴整齊，趁著時間還來得及，前往參加絕對不可能有好結果的第二天期中考。

拿到考卷時，魚所感受到的茫然，顯而易見。

儘管並不相信短短一兩個月的時間，能夠讓學習進度產生如此大的落差，但事實擺在眼前——那些題目，拆開來看每個都是認識的中文字，但組合起來就覺得沒有一個問題是看得懂的。

仔細想來，其實一個學期的結束，也就短短四、五個月的時光。魚沉浸在遊戲的世界兩個月之久，實際上是接近有一半的時間都沒在上課。

望著電子電路學的考卷上看不懂的題目，魚嘆了口氣，隨便寫一寫之後，早早交卷離開了教室。

助教似乎對魚的荒唐視若無睹，對他過早交卷的行為，也沒有多說些什麼。

然而他入學以來唯一的朋友——在資工系當中屈指可數的女生柳情，此時竟不顧考場規則起身大喊。

「余韜秋，你這是放棄了嗎！」

「那邊的同學，給我坐下。」

助教的語調，和魚頭也不回離開教室的身影一樣冷酷。

走在校園的路上，北部的空氣近來又濕又冷，但他的心情卻格外輕鬆。

是不是有些事，在掙扎時令人苦痛萬分，但放棄時卻反而顯得海闊天空？

「算了，期末考再努力。之後再拜訪教授，向他們道歉吧……」

畢竟魚是從高中起便令人無比安心的資優生，跳過指考、順利保送北部名校的他，甫入學便鋒芒畢露。

大一時輕取書卷獎，成績也是學年第一，在實驗上有實績，校外的程式設計比賽，更是勇奪全國第二。

總是緊追在後的柳情，是好對手也是好朋友，這兩個月來，手機裡的簡訊十有八九都是她的問候、催促、責備與關心。

然而，卻沒有一封是來自父母的簡訊。

想到這裡，魚又輕輕嘆了口氣。

一面細數接下來該做的事情，一面回到獨居的租屋處，偌大的昏暗套房裡，只有桌上的電腦螢幕依然是亮著的。

畫面上，他的角色「吸貓的秋刀魚」舉著「外出、發呆」的告示牌，而使用了「呼呼大睡」動作的拳鬥士「零分果汁貓」正躺在他的面前。

模樣像極了家裡的貓，在等主人回來似的。

「我回來了。」

魚解除了發呆狀態，放下手中告示牌的人物頭上浮現了他一如往常的招呼訊息。

果不其然，貓也即刻就回過神來。

「歡迎回家！」

大笑的表情一刷再刷，那是熟悉的貓。

「嗯，回來了。」鬼使神差地，魚又說了一遍，臉上帶著發自內心的微笑，「今天去哪練功呢？我們走吧。」

貓立即欣然接受，她從地上跳了起來，蹦蹦跳跳地領著路。

魚看著畫面上的貓，心想這也真是個有點奇怪的玩家。

撇開她對其他人毫不設防的交流方式不說，練功之餘還會對某些細碎的小設計感到開心這點，與其他多數玩家大不相同。

她總是能在遊戲世界裡發現些悠哉又舒服的地方，就像是真正的貓。

「機械都市的運河上，不是有好幾艘船嗎？」貓一面說，一面在畫面裡上下左右地跑著，「你知道嗎，那個船竟然可以跳上去喔！我們去看會被載到哪裡去好不好？」

「好啊。」魚回答道，附帶著微笑的表情。

練功什麼的，隨便啦。

貓在玩遊戲的時候總是非常活潑。

《聖泉傳說》的人物能跳躍，貓的基本移動方式，也因此變成了蹦蹦跳跳。拳鬥士還有個叫

「迅影縮地」的技能，能以帥氣的姿勢瞬間移動到畫面上的某處，也能再按一次技能立刻回到原位。

於是兩人一起行動時，「零分果汁貓」總是非常不安分地在整個畫面上噴來噴去。搭配她招牌的大笑動作，這人就只有在打字的時候才不那麼過動。

所幸貓儘管表現如此好動，卻總是會保持在魚的視野可見範圍裡。像這樣等待對方跟上的默契，是每天黏在一起很長一段時間的結果，就貓這麼躁動的玩家而言，還真是不簡單。

終於到了目的地——運河，他們一躍上船，任由無人駕駛，卻能自己划動的船隻帶他們漂流而下。

「貓幾乎都在線上呢。」魚說：「最近考試週，也沒少看到妳在線上練功，公會裡面也一直很熱鬧，大家好像都沒有這種煩惱啊。」

「魚也是大學生吧？很懂喔，哈哈哈，我當然也有成績的困擾啊，一點點而已啦！一點點而已！」貓大笑著說：「魚有這方面的煩惱嗎？」

「一點點吧。」

魚這段話打得有點心虛，畢竟如果二分之一學分不及格的話，依照這所大學的學制，就非得要退學不可。

「是嗎？魚是成績不好的笨魚嗎？不要緊，我也是笨貓喔。」貓笑著說，隨即用上了安慰的動作。

「只有妳是笨貓啦，我才不是笨魚。」魚狠狠地虧了她一段，看她氣噗噗的跳來跳去，不禁對著螢幕發笑。

「其實我本來成績不差的，但怎麼說？忽然覺得失去夢想了吧。」

也許是因為兩人搭乘的小木船漂得越來越遠，也許是河道看來綿長得叫人膽寒。魚感到心底空空的，望著螢幕上波光粼粼的水色，不由得講出了些心裡話。

「忽然間不知道自己念書要幹嘛，為了什麼而努力，又為了什麼而奔忙。用優秀的成績，換一份還不錯的工作，然後在資訊工程師的崗位上工作到老，這就是人生的價值嗎？」

「我認為不是。」貓很快就回話了，幾乎沒什麼思考，「這世界上有比這些更重要的事，我敢確信。」

也許是覺查到話題的滯重，在這件事情上，兩人的交談很快便劃下了句點。

而魚也是第一次發現——原來，貓也能夠這麼安靜。

由於和貓兩人認識的朋友越來越多，多到足以集結成公會，為了方便大家聊天，在眾人提議之下，一起成立了公會。

成立的公會名稱叫做「零分海賊團」，但會長並不是「零分果汁貓」，而是經常找她聊天的另一個男性祭司「盛讚星屑」。公會基本上是因為貓的奇妙魅力而成形，絕大多數初期加入的會員，都是因為和她聊天很愉快才入了會。

於是貓在公會裡既是中心，也是個吉祥物，相較之下，魚覺得自己越來越像是個陪襯的。

貓非常開朗活潑，在練功時也常鬧笑話——有時一個誤操作導致拖到怪堆，左閃右逃的時候又拉到更多仇恨，最後搞得全團被怪群輾過；有時練功練得太晚了，不慎在戰鬥中睡著，結果大家只好放任她在練功地點被小怪揍死。

迷糊又可愛，天然又開朗，這樣的貓讓整個「零分海賊團」每天都愉快地笑鬧著，是個巨大的吸貓現場。

吸貓的日子，就這麼靜靜地持續著。

期中考過後兩週，魚還是偶爾才去上課。

就算上課，心思也沒有放在課堂上。他時而低頭滑著手機，搜尋《聖泉傳說》的轉職資料，時而因熬夜練功而打起呵欠。

這一切，全都看在柳情的眼裡。

下課鐘響，心不在焉的魚站起身，彷彿與一群陌生人擦身而過般默默地飄出教室。他準備去學生餐廳隨便解決晚餐，然後回租屋處繼續《聖泉傳說》的旅程。

但在前往餐廳的路上，他總覺得背後有個腳步聲時刻尾隨著。

回頭一看，是從大一開始就同時是勁敵、也是最佳學伴的同班同學柳情。

他停下腳步，望著面色看來有些不自然的柳情說：「怎麼了，找我有事？」

好一段時間，她的表情只是不住變化著，似乎想說些什麼，卻又吐不出半個字。

「如果沒事的話，那我走了。」

「等、等一下！」柳情忽然大喊，嚇得魚整個人跳了起來。

「妳幹嘛？這麼大聲……」

止不住胸口怦怦跳的心臟鼓搗，他不解地望著柳情，看她扭扭捏捏的樣子，再看周圍因為聽到大喊而駐足的人群，感到渾身不自在。

「晚、晚上的時候！去你房間，找你做……做……！」柳情的聲音只有更大，沒有更小。

「欸欸？什麼什麼？告白嗎？」

「哇靠，大膽欸，當晚就做，昭告天下？」

鄉親議論的聲音越來越大了，魚的羞恥感也跟著越來越濃。再這樣下去，怕是要羞得不能做人，他急急忙忙把柳情拉到角落去。

「妳怎麼搞的？小聲點啦！找我做什麼？」

「晚餐……」柳情不知為何顯得面紅耳赤，同時從塑膠袋裡掏出一包冷凍水餃。

「我的房間……不能煮。你套房有電磁爐吧？借我煮，順便幫你弄份晚餐。」

魚瞄了一眼冷凍水餃的包裝袋，上面大大地寫著「100顆入」。

「才兩個人，是要吃到爆喔……」他小聲地抱怨著。

二、網路上的我們

魚的房間並不是沒有女同學來訪過。

畢竟大一的時候頂著品學兼優的形象，很會做人也很會教人的魚，有同學找他研究功課，早已稀鬆平常。

儘管如此，到了大二，對未來陷入迷惘的魚蹺課蹺到幾乎人間蒸發的狀態下，唯一一位持續打電話、傳簡訊、為他準備上課筆記的人卻只有柳情一個人。他不禁想——也許所謂「朋友」，本就是這麼回事。

其實魚也不太清楚，所謂的朋友究竟算是什麼。是一起玩一起鬧的同儕嗎？是一起成長一起學習的同窗嗎？那些在大一的時候，曾與自己往來看似密切，中午甚至會一起吃飯的人，為什麼到了大二的時候就不見了呢？

檢討起來，自己手機關機了接近二個月，拒人千里之外的冰冷態度也是事實，真要說的話，自己無情在先，好像也怨不得人。但話又說回來，手機久違開機時，眾多未讀簡訊，全都是來自柳情一人而已，那些人又都到哪裡去了呢？

未接來電、未讀簡訊，滿滿都是柳情的名字，看起來也確實壯觀。

而來自父母的訊息，則連一則都沒有。

像柳情這樣，算得是真朋友吧？魚雖然在心中犯著嘀咕，卻也暫時無法細想這些事。

因為這是有生以來頭一遭，和自己年紀相仿的女孩子，正在隔音良好的素淨套房裡與他獨處。不是為了學習，不是為了別的事情，只是為了共進一頓晚飯。

打從走進房裡之後，兩人就沒怎麼說話。魚默默取出鍋子和電磁爐，而柳情則是靜靜在一旁剪開冷凍水餃的包裝。

裝了水，放上電磁爐。直到柳情把電磁爐火開到「BOOST」進行快速加熱，他們之間的沉默才終於被魚打破。

「阿情，我說啊……冷凍水餃要從冷水開始煮才會好吃喔。」

「咦？是這樣的嗎？我、我馬上換回冷水！啊啊好燙！」

柳情急急忙忙地想把鍋子拿起來，但這種加熱模式下，鐵鍋的本體很快就會熱到燙手。看她一臉驚恐縮手的模樣，魚不禁笑出聲。

「真是的，一整個學年，不論大考小考成績都緊追著我的才女柳情，想不到這麼冒失耶。」

魚一面虧她，一面老練地從冷凍庫裡拿出冰敷包，裹上毛巾之後，扔給手指發疼的柳情。

「沒、沒禮貌！我才沒有生活白痴，才沒有連泡麵都煮不好，才沒有泡即溶玉米湯的時候把微波爐弄爆炸！」

「我又沒說得那麼過份……」魚戴著隔熱手套小心翼翼地取走湯鍋，一面苦笑著說。

「對啦，我就是一直在追你！」柳情的聲音又不自覺大了起來，「誰知道你竟然大二一開學就搞失蹤，甚至還蹺掉期中考。余韜秋，我才正想問你怎麼回事呢！」

「妳講清楚一點，說成績方面在追著我好嗎？這樣給別人聽到，是不是又要說妳在倒追我？」

由於對套房的超爛隔音非常有自信，魚好整以暇地回嘴道，把重新裝好冷水的湯鍋放回電磁爐上，便靜靜地望著柳情逐漸脹紅的臉頰。

「我、我我……！」

柳情的小臉慢慢紅到了耳根，秀氣的細框眼鏡之下，那雙靈動清透的眼睛正努力地別開視線。想不到三兩句話能把這位平常正經八百的才女整得糊裡糊塗的，魚是覺得既有趣又感到有些意外。

但畢竟是關心著自己，或者能算得上是真朋友的人。繼續欺負她，似乎也有點不好意思。於是魚將冷凍水餃放進鍋裡，正待說些什麼話來安撫她的情緒，卻發現柳情的視線正定定地望著電腦螢幕。

那是「吸貓的秋刀魚」舉著「暫離」的告示牌，而「零分果汁貓」安靜地偎在他的身旁。運河裡，小船上，兩人的身影就像一幅畫。

順著柳情的視線，魚馬上就意會過來，她所關注的是什麼。也因此，不久之前戲弄她的心情也隨之蕩然無存。

鐵鍋裡的冷凍水餃跟著熱水的暖流晃動著，魚靜靜地攪弄著鍋，一句話也沒說，兩人於是再一次被沉默所包圍。

直到魚起身取冷水，柳情才像是終於回過神來，重新注視著她曾經的課業假想敵。

「阿秋，這個遊戲就是你最近這陣子都不來上課的理由嗎？」

「大致來說的話，是。精確來說的話，不算是。」魚一邊將冷水加入煮滾的熱水中，一面攪動著水餃，一面模稜兩可地解釋道。

「你這麼說我聽不懂，我就當作是了。」柳情抿了抿嘴唇，「這樣子值得嗎？把時間浪費在這些事情上。還是說，浪費在裡面這位虛擬人物身上？」

她伸出一隻手，指著畫面上安靜依偎在「吸貓的秋刀魚」身邊的角色「零分果汁貓」，語調沉穩的模樣，一點都不像是剛才那個害羞的女孩。

一時之間，魚也不知道該如何回答。

究竟是因為捨不得和貓短暫失去交集，還是如同剛開始泡在遊戲裡一樣，只是藉由線上遊戲躲避人生？此時的魚，竟感到有些語塞。

「好吧。」看到魚如此躊躇的樣子，柳情像是無可奈何似的放棄了質問，「我不是你的誰，沒有立場管你或問你，所以……就當我沒來由地在生悶氣吧。」

她的話裡有著顯而易見的沮喪，以及如同冬日綿雨般絲微的寒意。

且不論她為何要為這件事情煩悶，但關心是真的，為他著想似乎也是真的。雖然魚並不是很想談自己逃避現實的理由，但面對這樣一位難得的朋友，他還是真心感覺到有些愧疚。

「抱歉。」魚輕輕地說：「我也只能這麼說了，對不起。」

「你忽然道歉，我也聽不懂……」柳情低下頭，語調輕細，「但沒關係……原諒你。」

「嗯。」

水餃鍋再一次冒出了咕嚕聲，滾水的蒸氣蒙蔽了兩人的視線，讓室內短暫被淡然的迷煙所籠罩。

霧氣蒸騰之際，柳情說：「下次教我玩吧。」

魚動手盛盤的水餃差點整個翻到地上去。

「欸？」

「我也要玩，你迷上的這個遊戲。」柳情堅定地說：「要同一個伺服器，而且我會贏過你。」

「沒必要連這個都非贏不可吧……」魚苦笑著嘟囔著，柳情則微微地露出了微笑。

從那天之後，魚和柳情在課堂上就更少談話了。

彷彿他們是「網路上的魚與柳」。

雖然表面上格外平靜，但兩人之間的交流，就是從這一天開始暗潮洶湧。

因為柳情那認真的個性使然，哪怕是玩遊戲，她也會像做學問一樣，積極地上網找資料、翻攻略，並且分析自己的個性，決定自己想練的職業以及高效率的練功方式。

幾天過去，她就確定自己想要練的是戰力超卓，又有一定程度生存能力的「魔騎士」。為了追求效率，她透過魚的介紹，也加入了「零分海賊團」，藉此有了一群願意幫助她的盟友。她成了公會裡面少數的幾位女性玩家之一，同時也是第一個不因為「零分果汁貓」而入會的玩家。

不知道是因為她十分特別，還是因為同為女性，貓很快就和她好上了。兩個女孩子常在公會頻道上歡快地聊天，又或是和魚組成隊伍聊上一整夜，三人在隊伍頻道上的文字訊息，字裡行間總帶著愉悅的表情符號。

這樣的時光，時常持續到深夜。

漸漸的，像是能夠體會到其中樂趣一般，柳情變得不太會責備魚沉迷其中的行徑了。

「儘管是玩遊戲，我也會兼顧我的課業。」柳情在下課時間一起吃飯時，喃喃地對魚說：「但我也知道自己不是你的誰，所以我不會像個媽媽似的，整天要你好好讀書。」

「嗯，我知道。」魚淡淡地回答，臉上有著與口氣相近的平淡，「我只是迷了路，但我還沒有打算找出口。」

「我拉不住你，你也不會對我伸出手。」柳情那秀氣的臉龐上，悄悄地爬上了無奈，「你沒有選擇我……也沒有關係。」

「選擇什麼？」魚一臉不解地問。

「不要問，有夠沒神經的。」

「呃……好吧。」

雖然弄不明白柳情鬧起小情緒的原因在哪，魚決定還是放聰明點，閉嘴乖乖吃他的肉燥麵。

「雖然妳大部分時候都很認真，但某些小地方上卻非常粗枝大葉呢。」魚一面吃，一面小聲吐槽，但已經多次聽過這種說法的柳情，卻並沒有打算否認。

「打字就是聊天而已，我就懶得選字啊。」

「可是妳連角色名稱都打錯字……」

一想到她的魔騎士暱稱「騎士手則」，魚只覺得無言以對。

「那種小事不用介意啦。」柳情笑著說，起身將吃乾淨的餐盤拿去回收區分門別類放好。
「那麼，晚上的練功再拜託啦，魚。」
「好喔，阿手。」

這一天，又歷經了一夜的練功，在天空泛起魚肚白的時刻，魚直起腰桿伸了伸懶腰。
螢幕上，幾位同樣也是熬夜通宵夥伴的玩家，討論「如何變強」這個議題的熱度依然不減。
「魚，不好意思啦，常常這樣拖著你熬夜練功。」名叫「飆風小綿羊」的武僧說：「但也沒辦法，誰叫你晚上的時間都被貓和阿手霸佔了，我們這些單身狗只能挑半夜的時候找你當補師啦。」
「欸不是啊，講那什麼鬼話，我也是單身狗好不好。」魚一面打字回嘴，臉上還帶著苦笑。
「你不要跟我說這三個月過去，你跟貓什麼進展都沒有喔。」飆風小綿羊的語氣裡好像充滿著不可置信。
但一旁的咒術師「煞氣紅葉真情人」冷冷地嘴了過去，「廢羊，你以為每個人都跟你一樣見面就告白？」
「幹嘛，我就喜歡貓啊，雖然馬上就被打槍了啦！喜歡我就會說，才不會婆婆媽媽的咧。」小綿羊一面說，還順手丟了個暴怒的表情，逗得大家紛紛甩給他嘲笑的表情符號。
「好啦，你們聊吧，我要去買早餐，然後準備去上課了。」魚打完字之後，舉起了「暫離」的告示牌，穿起外套，踩著拖鞋走出套房。

冬日來臨，水岸大學因為地勢的關係，則又顯得更冷一些。他一邊打著哆嗦，走進平常最熟悉的「任意門便利超商」，老練地走向鮮食櫃，隨便拿了個三角飯糰和加熱過的罐裝咖啡牛奶，來到櫃檯準備結帳。

但是此時卻沒有像平常一樣聽見店長沉穩的招呼聲。

定睛一看，眼前是一位看來十分緊張，瀏海幾乎蓋住整張臉的黑髮年輕人，看上去年紀可能和自己差不多，但也不是十分確定。

因為大半張臉都給黑得如同夜色的長髮給遮了，所以除了體態看來纖細、手腕皮膚白皙細滑之外，也很難看出什麼特色。

連是男是女都搞不清楚的平板身材，讓魚一時之間不知道該稱小姐還是先生。

最後他決定採用最中性的應對方式：「您好，不好意思，我想要結帳。」

「抱、抱歉，我馬上為你……獻上服務！」是溫軟且緊張的女孩聲音。

「不……麻煩普通的服務就可以了。」魚苦笑著說，接著看她手忙腳亂地操作著機台，三角飯糰的條碼刷了快有十次，金額才正常顯示在螢幕上。

找錢的時候零錢不小心灑了滿桌，女孩侷促地收拾好，交到魚手上的同時，自己胸口的名牌又不小心被袖子給勾了下來，落到了魚的腳邊。

「毛芝菱小姐嗎？」魚幫她撿起來，望著她鞠躬連聲道謝兼道歉的模樣，無奈地搔了搔頭，「是新來的店員嗎？」

「是師道大學的學生，今天第一天打工，請、請多多指導提攜，指、指點迷津！」

我又不是妳的主管——雖然心裡這麼想著，但魚終究還是決定，不要再給這個可憐的新手打工女孩更多壓力了。

「辛苦了，加油喔。」魚微笑著說，隨即在女孩連連的鞠躬之中，尷尬地走出了便利商店。

「真是個怪女生……」

日復一日，上課的時間飛快掠過，那些課堂內容，在魚的腦海裡也沒有多作停留。

在熬夜、補眠、上課打瞌睡的循環當中，變得無法分辨今夕何夕，甚至連三餐時間都無法準確對上的狀況越來越嚴重，魚在無止無盡的虛擬生活裡喪失了時間感。

生理時鐘的混亂，與時間感的錯亂同樣深刻，但魚卻深深樂此不疲。

畢竟直至大一為止，每天為課業兢兢業業，疏於經營人際關係的魚並沒有真正交心的朋友。討論課業的友人雖多，卻沒有一位認識的同學曾經邀他參加過任何活動。

但在《聖泉傳說》可就不同了。

如果不是因為《聖泉傳說》更新了聖誕節相關主題活動，長時間在遊戲當中度過的魚，也不會意識到時光匆匆，就連聖誕節都已經悄悄逼近。如今還有幾天時間，聖誕節就要堂堂駕到，隨著活動開啟，線上的玩家紛紛開始蒐集活動任務道具，打算一舉斬獲限定寶物。

「這次的活動最麻煩的就是『狩獵聖誕兔子果實怪』。」在「零分海賊團」的公會頻道上，身為會長的男祭司「盛讚星屑」向大家科普著活動梗概，「因為它出沒的地點只在特定地圖，所以我們的成員必須要佔據那張地圖的怪物重生點，才能確保打到足夠量的『聖誕果實兔耳』，目標是確保同團的人都有一頂啦……當然，還有貓和阿手的。」

「等等，為什麼只有貓和阿手的是大家幫忙打？」刺客「紅麻糬」在頻道上大吐苦水。

「哈哈，她們本來就不喜歡PK嘛，多擔待一下啊。」盛讚星屑緩頰道，頻道上附和的意見隨即此起彼落。

「搶地盤常常要打架，我也不想和別人PK嗚嗚嗚……」紅麻糬一面說，順便甩了一排哭臉。

「你是刺客，重要戰力，不可退縮。」聖騎士「金色天秤」簡短地吐槽道，他的女友魔導士「祈祈」則在頻道刷上了一整排的笑臉。

看大家討論得熱烈，魚原本也沒什麼感覺，只是一如往常和與世無爭的貓組著隊，有一搭沒一搭地玩著。

他們絕大多數的時間都在遊戲裡遊山玩水，更別說前一天晚上，到貓下線去睡之前，他們兩人半隻怪都沒打，都在想辦法捕捉「星落平原」的醜萌魔物「貓頭魚」。

那是種可以在空中游動，有著貓頭魚身的毛茸茸醜怪生物，根本沒幾個人會想要抓來當寵物。

但如今，他們兩人又在運河的小船裡，看著遊戲的夜色與星空，身旁兩沱毛茸茸的寵物貓頭魚互相追鬧著，畫面看來卻格外令人心情平靜。

「我說，魚你不會不開心嗎？」貓用隊伍頻道問道，似乎不想被公會的成員看見。

「為什麼要不開心？」

「就是，他們沒有說要幫你打啊，你也不喜歡PK吧，然而在PVP的時候，讚美系祭司又沒有什麼用場，所以也不會找你。」

「喔，對啊。」

貓的拳鬥士頭上冒出了一個生氣的表情，「你怎麼那麼冷靜啊，每次練功都拉著你練到半夜，要打活動獎品的時候又不幫你，這不是很不公平嗎？」

「沒什麼，我習慣了。」

魚送出了這段話之後，有些迷茫地望著自己略微顫抖的雙手。

習慣了？

這樣的對待，是應該要習慣的嗎？他有點不明白自己為什麼能夠心無波瀾地打出這段話。

長久以來，被人稱讚「很會照顧人」的自己，總是像這樣幫忙別人的課業、輔助別人練功，從來不求回報。猶如聖人一樣，奉獻、謙遜而無求的美德，是否就該是一種堅持？

或者，自己在內心裡，早就已經放棄被當成一個有欲求的「普通人」，準備好在虛無的人際關係之間，找一個透明的角落繼續裝作無欲無求？

是不是面對這些漠然，被認為是「優秀的人」這種理所當然，一如父母對他的期許，都是習慣成自然？

「誰說你該習慣的！」

附加了驚嘆號的字眼，浮現在隊伍頻道上。

說出這段話的貓還又跑又跳的，似乎打算要藉此表現出她內心的激動。

「決定了，明天晚上我回家以後，吃過晚餐我們就去打『聖誕果實兔耳』吧！」

「要跟人搶怪？妳不是最不喜歡跟人家搶東西了嗎？」魚的臉上掛著苦笑，在隊伍頻道刷了一排哭臉。

「為了你，我還不打死那些來跟我們搶的？」貓說，一面用著她那哈哈大笑的招牌動作，「你不生氣，貓來幫你生氣，吼喔喔喔喔！」

雖然房間裡頭的空氣有些冷，但不知怎地，魚卻覺得臉上盈著暖意。

彷彿貓的熱情聲援，透過螢幕傳了出來，溫暖了他的心窩。

「我可以就這麼當作是妳送給我的聖誕禮物嗎？」魚透過他的祭司角色說道，還夾帶了一個賊兮兮的竊笑。

「當然好啊！」

從這一天開始，貓每天上線，都會拉著魚和阿手一起，前往活動地圖狩獵「聖誕兔子果實怪」。

單練讚美系祭司技能的魚，面對活動魔物「聖誕兔子果實怪」確實是一點辦法都沒有，但他自己其實對那些裝飾品本來就興趣缺缺，要不是因為他的同學柳情聽見貓要和魚兩個人勉強去跟一大堆玩家搶地盤，堅持要開著她的魔騎士「騎士手則」來助刀，否則這段時間的狩獵，就會是一如往常的兩人時光。

柳情這個女孩不但功課認真，玩起遊戲來也絲毫不馬虎。技能組的搭配靈活多變，不只能應付PVE的副本攻略，面對PVP的威脅，也能巧妙使用控場技能以及帶有負面特效的狀態削弱技能干擾對手，屬於可攻可守的全能型職業。

也是因為靈活與多變性，這個職業的操作手法十分困難，沒有兩把刷子，可駕馭不來。

看貓在畫面上左衝右突，同時對付聖誕兔子果實以及來犯的玩家，又有阿手在陣地裡釋放魔法，將魔物與敵對玩家玩弄在股掌之間，只負責祝福、增益效果和補血的魚，頓時覺得自己好像是最沒用的那一個。

「喂喂，聽說活動地圖有很可怕的組合啊。」到了第三天，世界頻道上終於開始傳出了謠言，「有一個讚美系技能練到極致的祭司，和兩個不知道為什麼超強的女角佔據了一個重生點，活動怪沒人搶得贏他們啊！」

「開什麼玩笑，三個人而已能怎麼樣，大家來去把他們壓掉啊！」

明明在地圖上還有其他公會也是採取類似的手法佔據怪物重生點，但衝著魚、貓、阿手三人組而來的找碴玩家，不知不覺間變得越來越多了。

五個，十個，二十個。來犯的玩家誇張多地圍了上來，儘管阿手、貓和魚的等級都不算低，手法與裝備技能也屬於高階玩家的範疇，但來找碴的人一多，也是逐漸要人感到吃不消。

眼看著陣地就快要被世界頻道上的好事者奪走，魚在隊伍頻道上說：「貓、阿手，不要跟他們拼了。我知道妳們平常就不愛跟人搶東西，我沒有非要那個兔耳髮夾不可的，就算了吧。」

「不要，才不要！」

兩個女孩異口同聲地說，往來犯的玩家拼殺而去，又被技能給推了回來。

正當看似一籌莫展的時候，忽然有人解除了隱身，出現在三人中間，一招控場的魔法，短時間內讓所有敵對玩家全然無法動彈。

那不是別人，正是「零分海賊團」裡最厲害的控場大師，話很少但吐槽總是格外犀利的咒術師「煞氣紅葉真情人」。

緊接著包圍網開始出現缺口，聖騎士的身影衝殺而來，展開「聖禦光氣」護在魚、貓和阿手的面前，接著天上有惡火與隕石落下，由魔導士所引發的天災，一瞬間讓動彈不得的敵人們灰飛煙滅。

「金色天秤和祈祈，你們也來了？」貓又是驚訝又是失望地說道，「我本想偷偷努力看看的說！」

「妳想要自己打活動怪沒問題，但有人成群過來欺負妳就不可以。」

驅魔祭司「盛讚星屑」瞬間移動到眾人中間，張開驅魔力場，施展強力的全場鎮壓咒，而刺客「紅麻糬」悄悄放倒別人的同時，「飆風小綿羊」和同樣使用拳腳功夫的拳鬥士零分果汁貓，同時以迅雷不及掩耳的速度向四面八方發起突擊。

「幹嘛啊，耍自閉喔，誰說過不會幫打魚的那一份啦。只是你男的，懶得打你名字而已啦。」盛讚星屑一面放出大招肅清敵方玩家，一面囂張地放出哈哈大笑的表情。

「噗，都你們性別歧視啦，害貓以為我沒朋友。」一魚滿臉堆笑，甩出一個又一個分毫不差的補血與輔助技能。

祈祈也附和著說：「都上了零分海賊團的船，大家都是朋友。不要這麼見外，還有讚星！你一開始就沒有說要幫我打吧，我也是女生欸！」

「有男友的女生不算女生。」紅葉冷冷地說，然後馬上挨了一記來自祈祈的火球術。

在這個混戰的地圖鬧騰在一起，魚在電腦前面哈哈大笑，差一點就沒顧上大伙的血線。

猛一回神才發現，原來自己已經好久好久，沒有像這樣笑過了。

三、名為愛情的人際風暴

在通力合作之下，大家總算在活動結束前三天，打滿了所有公會成員的兔耳。

魚感到心裡有些暖暖的，與從前單打獨鬥的過往不同，在這不一樣的虛擬世界裡，有著真實的人際關係蘊藏其中。

相較於本來的生活，只有柳情一人把魚的生活風景放在眼裡，就連自己的父母都鮮少與他聯繫，怎能讓魚不感到寒心。

魚的母親是大學教授，在四十五歲的年紀奪得教授頭銜的她，在學術界可以說是不簡單的學者。父親則是高考及格的公務人員，雙薪家庭裡，魚從來不缺零用錢和學習資源。但長久以來，他卻從來不曾在家裡享受過任何親情之樂。

優秀的姐姐余晨馨比自己年長三歲，成績表現一向比自己還好，在課業上同樣不會讓父母傷腦筋的姐姐，不知為何從國中之後，就開始有種距離感。

自從離家來到水岸大學讀書，魚的手機裡，已經有很長的時間沒有見過來自家人的訊息。

他也明白箇中原因——家裡的氣氛從來就不好，對魚來說，他之所以報考一所遠離中部地區的北部大學，且毅然決定在學校的安排之下住進專供學生租用的套房，一個程度上也是為了逃離自己的原生家庭。

雖說，就連這所「水岸大學」，也是在母親的強勢限制之下才准許報考的學校，但能離家裡那麼遠，對魚來說已是足夠。

他看著《聖泉傳說》的遊戲畫面，公會頻道上好像永遠不會停歇似的，不斷湧入來自公會成員的聊天訊息，在這個靜謐的套房裡，彷彿有叫人心情愉悅的笑語聲從螢幕裡傳出來。

這個曾經冰冷且過於安靜的套房，如今竟顯得格外熱鬧。

「貓和阿手都很替你著想。」在一片關於聖誕活動的聊天聲浪當中，煞氣紅葉真情人的密語悄悄地落在魚的視窗上，「你不準備表示些什麼嗎？」

看見紅葉的提問，魚思忖了一下，覺得似乎有些道理，「阿手是我同學，請她喝個飲料或請吃飯倒是簡單。但貓我就不知道該怎麼表示了，紅葉你有主意嗎？」

「雖然談錢好像有點俗氣，但課金也是個選項吧。」

「課金嗎？」

「貓說過對這次聖誕活動更新的商城時裝很有好感，但也說過自己沒錢買。」

「……紅葉你平常都不太說話，莫非就是像這樣靜靜潛水，把每個人說過的話都看在眼裡？」

魚一面說，一面毫不留情地損他一下。

「說到潛水，你沒資格說我吧。」

想想的確是如此，魚一面苦笑，一面丟了個青筋暴現的符號。

談到經濟狀況，魚確實也沒什麼花費，平常無欲無求的他，父母每個月固定匯入帳戶的零用錢總用不完，甚至還有一部分閒置的存款，被魚試著拿去作股票投資。本次更新的期間限定時裝，穿在貓的拳鬥士身上正合適，當作聖誕禮物的話，肯定沒有問題。

「謝了紅葉，就這麼辦吧。」

螢幕上來自紅葉的密語，給了一個豎起大拇指的讚讚符號。魚不禁笑了笑，心想——原來紅葉這傢伙悶騷得很，也是個平常不說話，又很會照顧人的好夥伴啊。

擇日不如撞日，既然決定要課金買禮物，魚從電腦椅上起身，揉了揉酸澀的雙眼，望向濛濛亮的窗外。

「不如現在就去買點數卡吧。」

畢竟甫脫離大學新鮮人階段，理財規劃當中尚未包含信用卡的使用，魚要在遊戲當中消費，還是要造訪便利商店購買點數卡才行。所幸巷口的「任意門便利超商」總是令人安心地開在那裡，趁著早上的晨光正好，他決定去買份熟悉的早餐，順便買張點數卡。

一如往常地踩著拖鞋，穿上單薄的防風外套，聽自動門發出「叮咚」的聲音開了起來，這次除了三角飯糰與咖啡牛奶之外，還帶上了有《聖泉傳說》封面的一千元點數卡，走向櫃檯準備結帳。

「歡迎光臨。」清亮的女聲，輕巧地點醒了魚仍有些迷糊的神智。

那位固定站早班櫃檯的女孩，如今已經不算是新手，細軟且烏黑的長髮依舊蓋在她的眼眉，那一如夜色的深邃，勾得魚的眼光有些迷離。纖細的身影雖是一如既往，動作卻已經幹練不少。相較第一次見到她時感受到的那份緊張，如今一個月的時間過去，已轉變為幹練的職場戰力了。

早餐習慣吃便利商店的魚，幾乎每天都要見到這女孩一次。儘管兩人除了結帳之外幾乎沒有對話，她的身影也逐漸成為魚的日常生活一景。

就像所有其他人一樣，她也會變得有如背景一般，在理所當然的日常生活裡，佔有一個小小的位置，人們往往不會記得彼此，也不會有所交流。

如此擁擠、忙碌，卻又同時萬分寂寞的城市，想到此處，魚不禁流露出一絲感慨。

「同學你這是《聖泉傳說》的點數卡吧，你也有玩嗎？」

一如往常的生活背景，出乎意料地出聲詢問了，產生了一絲突如其來的交集，魚如夢初醒般侷促地回應道：「欸？對……難道妳也有玩嗎？」

「嗯。」女孩擺動著髮尾，嘴角上揚著可愛的角度，看樣子似乎有些開心，「我、我覺得……很好玩。」

「我以為只有像我這種不念書的耍廢學店生，才會泡在線上遊戲裡面呢。妳說過自己是師道大學的吧？師道大學的錄取分數超高的，原來優等生也會玩線上遊戲。」

「優等生什麼的，才沒有這種事……。」她的笑容戛然而止，取而代之的是些許的扭捏與難為情。

她的瀏海總是蓋在眼睛上，少了眼神的判斷，魚沒能看清她到底生氣還是害羞。

「呃，我沒有什麼別的意思，要是冒犯到妳的話……抱歉。」

「咦？沒事沒事，是我自己的問題，啊哈哈……」

尷尬至極，魚心想——是不是跟柳情在遊戲裡面混久了，一不小心也給她傳染到尷尬流對話法？要是現場有個老鼠洞可以鑽進去，他覺得現在的自己是肯定要鑽的。

「您的發票。」

幸好，女孩很快恢復了往常的營業用微笑，魚接過發票與商品同時，不禁在心中悄悄地鬆了口氣。

「謝謝。」魚艱難地擠出一個笑容，那女孩嘴角上揚的弧度，於是又更高揚了些。

儘管瀏海藏起了她大部分的面孔，那微笑的唇形卻逗得魚有些癡迷。他再看了眼女孩的識別名牌，寫著「正職員工毛芝菱」。

是正職了啊，太好了，名字很可愛的陌生女孩。魚心想著，拎著他的早餐和點卡，信步離開了便利商店。

回到房間裡，事不宜遲，立刻就把點數儲進帳號裡去，點開商城頁面，看準了「女性拳鬥士專用聖誕套裝」，按下購買按鈕。

買好貓朝思暮想的期間限定時裝，魚決定要等到聖誕節當天早上，再配合遊戲內安排的聖誕活動場景，在最好的時機把禮物送給貓。

貓的禮物準備好了，接下來就是給「騎士手則」的聖誕回禮了。聽紅葉的建議，給同班同學柳情，也就是錯字騎士「阿手」的回禮，是在平安夜時，請她吃頓還不錯的晚飯。

魚反手打開網頁，搜找「水岸大學」周邊，適合用於聚餐的地點，在眾多好評餐廳之中，選了一間最受歡迎的。

打電話約柳情時，從電話的另外一頭，能明顯感受到她的態度似乎和平常有些不同，說話不知怎麼地變得吞吞吐吐，答應邀約時，聲音也幾乎小到聽不見。

平安夜當天下午，她以「阿手」的身分在在線上與魚、貓互動時，整個人也有點怪怪的。到底怎麼回事呢？對於柳情的不自然反應，魚雖然心中滿滿的疑惑，卻也不知該如何問起。

「我……該準備出門了。」

明明距離赴約還有兩小時之久，阿手卻早早下了線，讓魚更感到百思不得其解。

於是他密語問了出主意的紅葉：「你不覺得自從我約她吃晚餐以後，就給人感覺特別彆扭嗎？」

「很正常吧。」紅葉很快地就回了訊息，「你自己呢？你不緊張？」

「我為什麼要緊張，我應該要緊張的嗎？」

螢幕上，紅葉甩了個吃驚的表情符號給魚，接著說道：「你要不是情場大佬，就是什麼都沒搞清楚的萌新。」

看著這段話，魚歪著頭想了想，才忽然覺得事情好像變不得了的。

「是這樣的，雖然你可能只把阿手當成同學看待，但她確實是女孩子，不是妖的吧？」紅葉試探地問道。

「對，她確實是女生。」

「說實在，她在線上個性大喇喇的，講話還經常不選字，連人物名稱是錯的也毫不在意，是我也曾經想過——這真的會是你口中說的優等生，兼過度認真的女生嗎？」紅葉少見地打了一長串的話，「總之，如果真的是女孩子，那你就是在聖誕節的時候約女生出來單獨吃飯，不就跟約會一樣嗎？」

「你你你……你怎麼不早說啊紅葉！」魚垂頭喪氣地敲著鍵盤說。

「不……普通會沒神經到這個地步的嗎？魚你這傢伙，看起來很會照顧人的樣子，結果對自己的事情卻意外地非常遲鈍啊。」紅葉一面說，還丟了一整排嘆氣的表情符號。

是有多感慨啦——雖然想就這麼吐槽過去，但是意識到這個飯局對柳情而言可能別具意義的魚，如今也沒有太多心思可以放在與紅葉拌嘴上。

赴會的時間一分一秒接近，注意到魚似乎在操作上有點心不在焉的貓，在隊伍頻道上關心地問：「魚你好像有點魂不守舍喔，還好嗎？」

「咦？什麼事情還好嗎？」

「就是跟阿手的約會啊，你不是約阿手一起過平安夜嗎？」貓一面說，還附帶了一個讚讚讚的拇指符號，「很緊張吧？加油喔，祝你『武運昌隆』喔！」

魚重重地趴在桌上，額頭撞在鍵盤上，發出「咚」的一聲。

果然只有他自己不在狀況內，在別人看來，事情居然是這樣子的嗎？

魚邀請柳情一起用餐的餐廳，是一間在水岸大學也十分有名的義式餐廳「庫斯鹿」。不僅菜式精緻，氣氛悠閒，更有照顧得到個人隱私的小型包廂可供聚會之用。魚還是大一新鮮人時，還曾與班上同學在這裡開過讀書會。

也有同學選擇在這家餐廳請魚吃過飯，當作是功課教學的回禮，現在想起來，魚或者只是因為這個印象，才在看過評價之後，下意識選擇這間餐廳當作請柳情一頓晚飯的地點。

但當他一腳踏進餐廳，就明白自己做的決定，實在非常欠缺考量。

這間餐廳很明顯做的是水岸大學生的生意，聖誕佳節期間，他們免不了要為富有玩心的年輕學子們做出一些特別的安排。

只可惜對魚來說，這份特別可真是太多餘了。

不僅桌子的擺放方式較之其他時候都更注重情侶間的隱私，小屏風區隔的雙人座位之間，更填滿了奇趣可愛的緞帶裝飾。雙人桌上頭浪漫昏黃的燈具漾出魔幻的氣氛，還裝飾了令人滿面通紅的槲寄生。

幸好，有些桌子前，仍是坐著有說有笑的普通來賓，讓單身狗用餐時的悲憤緩和不少。

由裝扮著麋鹿角的服務員領路，魚一路越過前場的諸多雙人桌，開始暗自後悔自己沒有先把這間店的聖誕節特別企劃給調查清楚。回想訂位時，服務人員貼心問道：「請問兩位貴賓是一位男生和一位女生嗎？」，原來是有意義的。

來到獨立包廂，偌大的空間裡，只有一張雙人桌擺在這個舒適自在的私密空間。由電子蠟燭勾勒出來的昏黃光暈，在房中人的髮絲上映照著扭動不休的金色輝光。

那是柳情，正微笑著等在桌前。

「那麼兩位貴賓請先看看菜單，需要點餐的時候，請按押桌上的服務鈴喔。」

麋鹿小姐笑咪咪地退了出去，只留下沉默以對的魚，看著面帶羞澀微笑的柳情。

無論是嘴唇上晶瑩的唇彩，還是特別梳理過的及肩長髮，都能和她身上一襲款式素淨的米色連身長裙相映成輝。就算魚再怎麼木頭，都看得出來這是經過仔細梳妝打扮，並精挑細選之後的結果。

儘管不願意承認，但魚還是知道眼前的柳情，此刻確實美極了。

花了許多時間才終於點好餐的兩人，在搖曳的電子燭光之前相視而笑。

「原來你也會緊張？余韜秋同學？」柳情笑容滿盈地望著魚說：「你總是一副胸有成竹的樣子，無論是在課業上奪冠，還是選擇放棄課業的決絕，我就沒有看過你緊張的樣子。」

「不，這是我要說的吧……」魚搔了搔臉頰，有點難為情地說：「之前我們挑戰《聖泉傳說》改版後新開放的困難副本，妳第一次就當主坦，還不是操作得行雲流水？零分海賊團成為全服第一個全通最新副本的團，讚星說都是妳的功勞呢。」

「也不能這樣說，沒有你這樣技術超好的讚美祭司，我猜也沒人敢這麼玩。」柳情瞇著眼睛，開懷地笑了，「我可是把主要打手的位置讓給貓了喔，讚星也真是的，怎麼不說貓也很出風頭呢？」

「哈，妳們都很棒。別的不說，紅葉的控場、天秤擔任副坦的精細控仇，以及祈祈的大範圍傷害魔法都建功了。只有小廢羊和白癡麻糬最可憐啦……」

「對啦，麻糬跟小羊超慘的，從一王到五王，他們兩個什麼機制都中過了。讚星還一直說他們是零分海賊團裡面的滿分影帝，演得一手老練的刺客和武僧。」

輕鬆的笑語、熟悉的網友趣事，自然而然化解了本來羞澀的尷尬氣氛。兩人在笑談當中一面用餐，一面享受著難得的聊天時光，曾在共同的遊戲世界裡，經歷同一段冒險的朋友，說起那些歷程，總是話匣子停也停不下。

直到餐盤逐漸底朝天，魚才驚覺，原來兩人之間多了這麼多位共同朋友。有生以來頭一遭，魚透過網路走進了人群，在虛擬世界的歷險，足以讓彼此的笑顏經久不散。

好愉快啊……

魚從來不知道，擁有相同興趣的朋友在一起用餐、閒聊，原來竟是這樣的光景。在自己的求學生活當中，何曾覺得與別人一起共享閒暇時間，會是如此愉快呢？

自幼領受菁英教育，國小時便編入數理資優班，一路在升學主義掛帥的國中與高中獨佔鰲頭，更以保送之姿跳過指定科目考試，順利錄取產業界最多創業校友的水岸大學資工系，魚的學經歷到這一步為止，堪稱是平步青雲。

到成年之前，魚沒有嗜好，沒有興趣，沒有同喜同悲的同儕，更沒有能夠傾吐心事的朋友。這樣的他，就讀著可說是畢業即就業的水大資工，一顆心卻寂寞得彷彿隨時都能被輕易碰碎。是《聖泉傳說》、貓、零分海賊團以及柳情，帶著他從幽暗的菁英舞台上，走進五光十色的平凡喜悅之中。

餐後飲料是芳醇的研磨拿鐵咖啡，與庫斯鹿精心製作的手工起司蛋糕。

哪怕只是經濟套餐的附餐飲料與甜點，對此時的魚而言，都像是巧奪天工、天造地設，不可多得的美妙滋味。

兩人有說有笑地用完了餐，到咖啡喝完之前，包廂裡自然且歡快的笑語聲，始終沒有停歇。不知不覺又聊了很久，魚好不容易才警醒過來。

「想不到這一聊，竟然就到庫斯鹿的打烊時間了。」

他有些迷茫地收拾著餐桌上的狼藉，起身穿起外套，準備前去櫃檯付帳。

但柳情來到他的身邊，一把將他推回了椅子上。嫩白的大腿在一度揚起的裙襬下掠眼而過，沒等魚反應過來，柳情已經搭著他的肩膀，跨坐在他的腿上。

「咦……？」

腦袋一片空白的魚望著柳情近在眼前的小臉，那雙平時藏在金屬細框眼鏡之後的眼神，原來有著璀璨的星光。微紅的臉頰上掛著意味深長的微笑，用餐過後有了少許脫落的唇彩，令此時的她更顯迷離，一脫平時理智又有氣質的風貌。

「我大概知道，魚你在這方面的神經差不多是死的，所以一定沒有意識到今晚的特別。」

這個時候，魚越過柳情的細軟髮絲，看見她香氣四溢的潔白頸項之後，有掛在燈飾之下的槲寄生。

於是他再次想起——今晚是平安夜，而他們正在代表著相吻之約的槲寄生之下。

「如果是我，而不是貓的話……可以嗎？」柳情的聲音在一字一句之間，逐漸變得淡然而稀薄，「你準備好，讓我贏一次嗎？」

魚感到自己的喉嚨乾得就快要撕裂，望著輕輕闔上雙眼，微微昂起下巴的柳情，他的心跳聲大得快能震破胸膛。

纖細的柳腰就在身前，魚無所依托的雙手，彷彿只需一個決心，就能將這柔軟腰枝的主人摟在懷裡，永遠都不放開。

然而在此同時，女孩壓在自己胯上的那雙腿，卻也傳來了既羞且疑的細微打顫。究竟她帶著多大的勇氣和決心，才拼上了所有力氣，對自己發起這樣的進攻呢？完全無法掂量。

魚沒有說話，也沒有吻她，只是輕輕撫摸著女孩的頭，直到她重新睜開略微濕潤的雙眼。靜默之間，兩人相視而笑，平添了些苦澀的默契。

「很晚了，讓我送妳回家吧。」

「嗯……好……」

兩人一前一後地走在夜色漫漫的水岸大學週邊街道上。

無風的夜，寧靜得如同世界都跟著靜止了，只有信步走著的魚與柳情，共享著緩慢流逝的時光。

送她到達門前，柳情開了鎖，回頭望著魚，雙手揹在身後。

「就這樣了。」她聲音細若游絲地說道：「謝謝你請我吃飯，聖誕快樂。」

「呃……聖誕快樂。」魚搔了搔臉頰，尷尬地回以微笑。

女孩反手扭開了門把，有一半身子探進了室內。但她的視線還在魚的臉上，猶如仍期盼著什麼，猶如還聆聽著什麼。

感受到這樣的凝視，魚也覺得自己不應該逃避這樣的詰問。

「其實，我也不是很懂現在對妳的想法是什麼。」

「嗯。」停下了手邊的動作，柳情再一次站了出來，雙手緊緊揪著裙襬，靜靜聽著。

「平安夜約妳出來，是我神經太大條了，我對不起妳的期待。」

「沒關係。」柳情微笑著說：「我這不是很懂你嗎？我早就知道你肯定什麼也沒想。」

「真的很抱歉，沒有辦法回應妳的勇氣。」魚不自覺低下了頭。

「我不在意的，我們是朋友吧？是朋友的話，不會在意這種小誤會。你可要注意了，明天你要送給貓的可是聖誕禮物，她會不會也有些什麼期待？好好思考一下吧。」

柳情無疑是個很好的朋友，在適當的時候提醒他課業上的荒唐，在遊戲上與他一起開心、一起緊張，面對他自己都不明白的情感，對「貓」這個網友的心裡定位，她比魚更早察覺，並在最適當的時機點破。

「我……我不知……」

「不，是我讓你沒有時間思考，沒有時間準備，所以面對我的進攻，你才能夠回答『不知道』。」柳情小步上前，輕輕按住了魚正待解釋的嘴，「所以，如果是貓的話，不准你回答不知道。」

感受到她壓在自己唇上的手指止不住的顫抖，那小小的身子裡究竟歷經了多大的忍耐，才能給他這麼平靜的建議與笑容呢？

想到這裡，魚不由地輕輕摟近在眼前的她。

起先是一陣驚愕，爾後她那秀氣的雙眉之間，微微地堆起了星霜。

無聲的淚水，在她拼命壓抑的眼眶裡滿上，皎潔的月色染過淚痕，在她的臉頰上繪下一筆銀色流霞。

「我還是要說，對不起。」魚感受著懷裡肩膀的抖動，無聲的抽泣一下下捶打著他的胸膛，「我這麼沒出息，謝謝妳曾對我這麼溫柔。」

細小的哭聲如同雨點，悄悄地從柳情的小嘴裡滴落下來，每一下都刺得魚好痛。

「彼此彼此……我也不知道……為什麼會喜歡上你。」柳情雙手無力地垂放在身邊，微弱卻鏗鏘的傾訴著，卻沒有回應魚一時的擁抱。

半晌之後，柳情推開了魚，抬起手輕輕拭去眼淚，重新掛起微笑。

「哭出來以後感覺舒服多了，你快回去吧，真的很晚了，路上小心。」

「嗯……好。」

這一次，柳情轉身頭也不回地進了門。

門裡頭沒再傳出什麼動靜，彷彿只有魚一個人，被重新扔進了靜止的世界裡。

「真的……對不起。」

帶著絲微的愴然，魚走下樓，回頭再望了一眼柳情始終沒有亮起燈的窗，慢吞吞地踏上了歸途。

四、姐姐就在這裡

回到套房裡，魚望著昏暗房間裡唯一的一道亮光。

那是自己的遊戲角色「吸貓的秋刀魚」一如往常地舉著「暫離」的告示牌，在運河邊的小船上發呆的畫面。在身旁的「零分果汁貓」一邊與其他公會成員聊天，不時變換著姿勢，就是不曾離開過魚的身旁。

回想起來，促使魚加入這個繽紛遊戲世界，與從前不曾想過的網友相遇，並且在這個虛擬的第二人生當中享受愉快冒險的契機，就是「零分果汁貓」的出現。和自己的灰色人生相比，遊戲世界有著過於耀眼的色彩，想必是因為有貓的存在，而變得與眾不同。

當他把「暫離」的牌子撤下來以後，魚心裡一面思索著柳情說過的話，很快地下了一個決定。

「歡迎回來！」貓那個大笑的動作，搭配著訊息欄裡的驚嘆號，看上去比字面上更有精神，

「怎麼樣，和阿手吃飯還開心嗎？」

「貓，我有話跟妳說。」魚甚至連標點符號都打得格外標準，似乎連貓也看得出來有什麼重要的事情要發生了。

「嗯，我聽你說。」貓說道，隨即特別調整了方向，讓人物挺起腰桿，端坐在魚的面前。

「今天是平安夜，是好友們交換禮物的時刻，也是有人趁亂告白的節日。我想說，其實我單身到大學，從沒琢磨過女孩子的心思，所以根本沒有想過這樣的日子如果送禮物、約吃飯，會有別的意思存在。」

「咦？所以魚你其實約阿手吃飯，根本什麼也沒打算嗎？我還祝你『武運昌隆』呢，真是太白痴了！」

「不，是我自己蠢。」

魚的遣詞用字中帶著一股前所未見的苦澀，似乎就連隔著螢幕的貓也感受到了。

「還好嗎？那麼你想要對我說什麼呢？」

「我還好。」

望著遊戲畫面上的貓，魚露出一抹微笑。

是這樣一個處在完全不同空間的人，巧妙地與他共享了時間。跨越了距離的阻礙，他們兩人在遊戲世界當中建立起關連，曾幾何時，魚早已過著每天都在想著貓的生活。

今天要去哪練功呢？有聽說過她在打工，不知道都做怎樣的工作？雖然知道都上早班，但晚上花這麼多時間一起玩沒問題嗎？

她是怎樣的人呢？是不是像遊戲裡一樣，既有活力又有魅力？

她對我的想法又是怎麼樣的呢？

這些想法日日縈繞在自己的心頭，魚現在才明白，自己的這種情感，也許就是「喜歡」。

「我現在知道，有些人在特別的節日送上誠心，可以是表現出『某些企圖』。」

「對唷，在平安夜、聖誕節，要跟喜歡的人一起度過，都是會這麼想的吧。」貓用了個點頭的動作，喃喃地說：「好像聽你說過從前沒什麼朋友，魚也許是第一次在平安夜和朋友度過？」

魚默默對貓的人物點了滑鼠右鍵，選取「交易」，並將這次聖誕節專屬的紅、白配色時裝放上了交易欄。

「哇，魚你怎麼會有？這是課金道具耶！我一直很想要可是又花不下手……」

「我特意去超商買了點數，買來想要送妳的。」魚一面說，還做了「超讚」的動作。

「為了我？為什麼？」貓的人物依然保持著端坐的姿勢說道。

「因為妳之前幫了我啊，為了我拼命去打活動怪，我很感謝妳。還有……」魚感覺到自己打字的手有一點顫抖。

「還有？」

「妳可以當作我『別有企圖』，我想要妳這麼想。」

直到魚說完這段話之後，貓就變得毫無動靜，原本還在公會頻道上和其他會員談天說地的，如今就像是斷線了似的。

魚感到心臟噗噗跳，就差沒有直接跳出來而已。

這時忽然密語頻道傳來訊息發出「叮」的一聲，嚇得他差點從椅子上跌下來。

仔細一看，原來是「煞氣紅葉真情人」傳來的密語：「如何，跟阿手吃飯還愉快嗎？」

「靠，你不要嚇我好不好……狀況還蠻慘的，畢竟我對她不是那種感情，真的覺得對她很抱歉。」

「嗯，我也看得出來你不是，所以才故意引導你做這些事。」紅葉在文末還留了一個奸笑的表情，「其實啊，我早就知道阿手不是妖的。我老早在私底下跟她交換了LINK，她字裡行間對你的看法，常常讓我覺得……」

「覺得什麼？」

「覺得你怎麼不去吃屎，沒感覺就不要對人家好嘛，你搞屁啊。」

「……紅葉你竟然設計我啊。」

「對，因為我喜歡她。這麼純粹的女生，給你這種沒神經的濫好人『軟糟蹋』，我會氣得吃不下飯。」

「不過，還真不能怪你狠，只能說我太蠢了。」魚苦笑著回應道，對平常不愛說話，如今不但多話起來還特別嗆的紅葉竟是生不起氣來，「那她現在有在傳LINK給你嗎？」

「有喔，跟我一起罵你，很爽。」紅葉又附了一個奸笑，「嘛，我紅葉老師怎麼說也是二十六歲的上班族了，修羅場我看多了，知道像你這種天然的最危險，別怪我啊，戰場上對敵人仁慈，就是對自己殘忍嘛。更何況，只有你一個人搞不清楚，全公會的人都看得出來貓對你而言意義不同，你卻隨便對不同的女生溫柔，早晚要害死你的。還不快謝謝老師？」

「靠北喔，謝謝老師啦，你什麼時候也來讓我請你吃飯？我保證不打死你。」

「我又不是傻，你顧好貓就好了啦，而且你最好搞清楚這公會裡喜歡貓的不只一兩個而已，加油嘿。我要去當阿手的及時雨了，閃了，聖誕快樂。」

「聖誕快樂啦，哪次不快樂。」

看到公會頻道上有紅葉下線的系統訊息，魚嘆了口氣，重新把視線移回畫面上，這才發現有個來自貓的交易訊息晾在頭上很久了，差幾秒就要自動拒絕。

魚急忙按下同意，在交易視窗上，看到貓放上了聖誕節專屬的紅白色時裝，他發呆了幾秒，思緒縈繞不休。

她竟然退貨給我，這是表示拒絕我的表白嗎？我果然還是太腦熱了嗎？

「魚，幹嘛一直發呆？斷線嗎？」螢幕上「叮」地一聲，傳來貓的密語。

「沒有，只是心情有點複雜。」

「這麼開心嗎？嘿嘿……」

開心？

魚仔細再把貓放上的道具看過一遍，物品描述明明白白地寫著「祭司專用物品」，而且貓的身上，也早已換上自己為她準備的聖誕時裝。紅白配色的拳鬥士，正在螢幕上又叫又跳地做出各種動作，催促著他按下「同意」按鈕。

「你連我是圓的還是方的都搞不清楚，就敢說『有所企圖』那樣的話？你說，是誰教壞你的？回送給你一套時裝，這樣我們就算扯平了，說真的，你可以不用那麼認真。」

是某個心懷鬼胎的社會人士搞出來的，而且妳自己不也說過類似的話──魚一面在心裡嘀咕，一面打字說道：「呃……妳不是買不下手的嗎？」

「誰叫你要送我這麼貴的東西，我不回送一樣的東西給你行嗎？」

結果還是變相被打槍了嗎？看著貓這樣理智到有剩的對話，魚不禁有些氣餒。

「還不快穿上？」貓一面催促著，一面連續用了幾次哈哈大笑的動作。

手錶默默傳出整點報時的響聲，顯示著十二月二十五日零時零分。

「有點高興呢。」貓的人物興奮地轉著圈圈，「這麼一來，我們不只是在一起玩，連人物都有成對的衣服了！聖誕快樂！」

看著畫面上與貓穿著同款時裝的祭司，魚的心中感到有些悵然，又覺得似乎有些進展。貓是真的覺得開心，還是單純逢場作戲而已呢？

「聖誕快樂，未來我也可以繼續吸貓嗎？」

「哈，那有什麼問題！」

暫時先這樣吧——魚心想。

僅僅過了個節日，卻好像發生了很多事。例假日的早上一般會睡到超過十點的魚，今天是因為劇烈的頭痛而醒來的。

聖誕節的早晨與往日一樣清冷，從窗戶鑽進來的寒風，讓不小心踢掉被子的魚在床上瑟瑟發抖。

儘管今年的聖誕節正好是例假日，但平時就有在打工的貓，這一天依然要上早班，所以在接近凌晨一點的時候也下線去睡了。剛剛歷經人生裡短暫的驚濤駭浪，感到心累的魚，也沒什麼精神繼續和公會成員攪和，他早早下線睡覺，也沒想過聖誕節當天早上會八點不到就清醒過來。

腦袋裡面像有人在敲鑼打鼓，他撐起仍然疲憊的身體，思索著自己是不是該認真想一下少熬點夜，隨後在飢腸轆轆的咕嚕聲催促之下，摸出了外套準備出門買早餐。

巷口的任意門便利商店裡，黑髮女店員毛芝菱正在忙著清點貨架。魚就像是平常一樣選了常吃的三角飯糰，拿起冬日裡的小確幸——熱咖啡牛奶，望著依然忙碌的女孩，不由地有些出神。

毛芝菱的動作已經完全脫離生澀，看上去是在揀出已經過期的產品。墨黑色的髮梢在肩頭跳動著，絲微的髮香在小小的店裡縈繞不去，那認真且專注的樣子，要他看得目不轉睛。

察覺到一旁的視線，她回頭看向魚，發現是熟客之後，營業用的招牌笑容旋即爬上她本來專注的臉龐。

「啊，抱歉……我挑報廢太專心，沒注意到你要結帳。」她拍了拍大腿，扶正了襯衫領口的領帶，微笑著說道：「等很久了嗎？」

「沒有，就是好奇妳在做什麼。也是啦，這麼多的食物，哪怕是有一個客人買到了過期品，也要給妳們找麻煩的。」

「其實這本來是店長規定要大夜班做的，可是聽說大夜的同事為了早點回去玩《聖泉傳說》，時間還沒到就溜了。我來的時候，店長說店裡有二十分鐘沒人在……」

「哇，這可真是不像話。」

「為了玩遊戲，把正事放在一邊，蹺掉該做的工作或該上的課，最不可取了——」毛芝菱無奈地笑著，接過魚手中的商品，一面刷條碼一面說，渾然沒有發現他臉上苦澀的表情。

感覺背上好像中了好幾支箭——字字句句被說得啞口無言的魚，除了苦笑之外也很難再說上些什麼。

「嗯……客人你也有玩《聖泉傳說》吧，我上次有看到你買點數。」

「對、對啊。」魚緊張地說：「也聽妳說有在玩，我在『逆滲透』伺服器，練的是祭司。」

「我也是，那是最老的伺服器了，人多，玩起來很熱鬧……」毛芝菱笑著說，「你有課金吧，買了什麼好東西嗎？」

「就買了聖誕限定的時裝。」

「我也有買呢。」毛芝菱面色開朗地說，一面將零錢交在魚的手裡。

她的手指有些冰涼，碰觸到魚的手心時，弄得他也有點搔癢。

「雖然貴了點，但是很值得。」送給自己有點在意的人，想來也覺得值得——魚心裡想著。

「是真的好看，但我最初買不下手。後來有朋友買來送給我，我覺得穿上真的很棒，很希望他也能有一套，半夜我馬上跑出門買了點數，回送給他——」

魚望著眼前有些羞澀，瀏海老是蓋住眼睛的女孩眉飛色舞地聊著，低頭暗暗思索了起來。

毛芝菱……零分果汁貓，會有這麼巧的事情嗎？

「我的名字『余韜秋』……」，魚喃喃地說，想來自己不也是把名字顛倒過來，當作人物的暱稱「吸貓的秋刀魚」？

「客人叫余韜秋？」毛芝菱歪了歪頭，狐疑地望著魚。

「咦？欸？對對，抱歉，我在自言自語，一不小心自我介紹了。」

看著魚有點傻傻的模樣，毛芝菱笑了起來，指了指自己的名牌，「那……這是我的名字，這樣我們就算扯平了。」

那笑容與以往靦腆且怕生的客套模樣天差地別，原來這個害羞的女孩，也有這麼可愛的笑容。

「是很好聽的名字。」

「謝、謝謝呀。」女孩愉快地笑了，目送魚信步走出便利商店。

他一邊走，一邊撕開三角飯糰嚐了一口。

似乎今天的飯糰比平常更好吃了點，這究竟是為什麼呢？

聖誕節過後，《聖泉傳說》的特別活動相關地圖，也跟著一一關閉。在節慶的氣氛完全結束之際，就算是魚這樣想盡辦法從現實生活中抽離的人，也必須多少回歸到現實世界。

回過神來，又是大概接近一個月的時間斷斷續續地到課出席。前陣子和柳情發生過那樣的事，也不可能繼續仰賴她幫自己帶筆記以及討論功課了。

他一直以來也不甚在意，畢竟所念的水大資工，並不是自己想念才來念的科系。

魚一直不曾想過自己到底喜歡什麼，又對什麼有興趣，管它課業還是社團，永遠都是母親要求什麼，他就做到什麼。向水大資工遞交資優保送審查資料，也是在她的授意之下做的抉擇。

永遠面臨著有限度的選擇，成長路上，他從不覺得這樣有什麼不好，雖然自己實際上在數理方面的資質明顯比姐姐余晨馨要差，他還是因為鄰居、母親的一句話，而強迫自己必須要像姐姐一樣。

「姐弟之間不會差到哪裡去。」

身為教授的母親經常這麼說，於是聽話的魚盡力滿足她和父親的期望——當個好孩子。畢竟好孩子的其中一個要素，就是盡力滿足父母所描繪的未來樣貌吧。

從大二上學期開學至今的消極反抗，魚也弄不懂到底是什麼力量支持著他，猶如對生活發起革命一般抗拒至今。

在《聖泉傳說》裡和貓的相遇，也許只是其中的一個理由而已。

好不容易有這麼一天，魚感覺抓到了一些做了會真心覺得快樂的事情。是在遊戲上取得的成就感？是素未謀面的網友們帶來的陪伴？還是其他的一些什麼緣故？如今卻又沒能細想。

只因今天在任意門便利商店裡發生的事，重新讓魚的生活與課業拉上了關聯——那個女店員會不會就是貓呢？如果是的話，假如被退學，魚就必須要搬出水岸大學圍牆外的這間出租套房，回到中部的老家準備重考。

一度在網路的海洋裡相遇的兩團浮沫，似乎有那麼一點小小的奇蹟，帶來了如同魔法般的邂逅。可以的話，魚這次打從心底不想離開水岸大學，不想離開這間套房。

但是翻開行事曆，期末考距離現在只剩下兩週左右，在這段時間裡荒廢掉的課業，可不是簡簡單單就能擺平的難題。

畢竟魚也知道，自己並不是真正的天才，是一個強逼自己走著險途的數理庸才。

為此，他覺得可能需要一些與以往格外不同的決心，才能夠完成不可能的任務，就像是那些小說、漫畫、電影裡的主角一樣。

只要有了那些不可不為的目標，一定也能突破眼前的困境吧？

晚餐時間過後，魚一面天真地想著，一面在螢幕上向貓發出詢問：「貓我想問妳，妳說過有在打工吧，是做怎樣的工作呢？」

「我沒有說過嗎？」剛上線的貓很有活力地在公會頻道上向成員打招呼，一面私下用組隊頻道對魚說：「我在便利商店打工喔，離你念的水大很近，說不定我們有遇過呢。」

「哪有那麼巧的啦，貓妳是念師道大學嗎？」

「我有說過嗎？魚你怎麼知道？」貓說，頻道上還一整排大吃一驚的表情符號。

「我猜的。」

魚艱難地敲出這三個字，然後全身鬆軟地癱在了椅子上。

真有這麼巧的事——魚簡直想一頭撞死在桌前，生平頭一遭，他對自己做出的事情感到後悔。現在有理由重拾課業了，但卻面臨著毀滅性的時間不足問題，絕望的現實壓在他的胸口，要他痛惜著命運的殘忍。

「好吧，拼了——貓我跟妳說，到期末考結束之前，我會好好努力一下，暫時都不會上線喔。」

一回也好，魚決定要抱著成為故事主角的氣勢，好好努力一回，並暗自希望——運氣這一次也能站在他這一邊。

雖然魚在大一取得過亮眼的成績，也勇奪書卷獎，讓系上的老師對他的印象很好，但大二以來的自我放逐，仍是全都看在師長們的眼裡。他不參加諮商，只是一直呈現非常消極的狀態，而學校方面寄出的期中、期末預警，魚的家人似乎也沒有任何回應，對身為外人的師長而言，可說是一籌莫展。

與柳情之間發生了那些事之後，兩人之間的相處也可以說尷尬至極，別說是說話了，對上眼的時候躲都來不及，請教功課更是不可能。

於是在學業上無計可施的魚，在身心壓力逐漸累積到峰值的情況下，終於硬著頭皮去找身為導師的陳教授做了第一次協商。

「我能夠答應你的事情有限，余同學。畢竟你也知道，水岸大學是實力主義，而且是一間由董事會掌控的私立大學，受投身商界的校友挹注，才有今天的規模。」陳老師在研究室和魚會面協商的時候，語重心長，「假設走到退學這一步，以我們的辦學方式，絕對是沒得商量。但你有潛力，從前國高中時期的表現也不錯，所以老師最多能幫你向學校爭取到的就是——你每一科都能考到四十分以上，那麼我們就不計前嫌，算你通過。」

魚的心中雖然忐忑，但面對老師這樣的幫忙，也已是感激不盡。

雖然還附帶了「到期末考前一堂課都不能缺課」的條件，魚還是希望能夠抓住最後一點點機會。就算動機不純，是為了貓才想留在水大，但作為拚搏的理由，也不必那麼在乎它的正當性。

現在的他是真心想要努力看看，而時間點滴流逝，每分每秒都不容浪費。

結束與導師的協商，當他千頭萬緒地回到套房前，卻看到出乎意料的人站在自己的房門口。

「唷，等你好久啦。」身材高佻的褐髮女生親切地向魚打了招呼，他卻滿滿不自在地退了兩步。

「姐，妳怎麼會來，也沒有跟我說一聲？」

「你好意思，你自己講你手機有幾天沒開了？雖然爸媽是那種樣子，根本不會打電話找你，但我偶爾也會想你的好嗎？笨弟。」

來者是大他三歲的姐姐余晨馨，目前正在攻讀研究所的她，有著健康美麗的好身材，以及開朗成熟的性格，文武雙全又追求者眾，是魚的學業目標，也是魚的壓力來源之一。

「想什麼想啊……」魚輕輕嘆了口氣，反正姐姐真的想要做什麼的時候，也不會聽別人的意見，既然人都來了，也只能讓她進屋。

「笨弟我要進來了！哇啊，果然是單身狗住的房間——雖然想這麼講，但是你房間也太乾淨了吧？真沒意思。」

看著素淨又整潔的套房內部，作姐姐的竟然是顯得無聊？魚的眉毛挑得高高的，一臉無奈地望著企圖尋他開心的姐姐。

就是因為這樣子，所以姐姐才總是讓他覺得困擾。

「反正妳就是專程來欺負弟弟的吧。」

「那可不是喔。」余晨馨微笑著拎起了一袋食材，笑咪咪地說：「我呢，是來關愛你的。」

都什麼跟什麼——魚在心裡嘀咕著，直到他看見姐姐又再取出了另外一件東西。

那是蓋有「水岸大學」校印的通知函，就算不用看內容，也知道那是來自學校的期末預警通知書，說明自己的退學危機，正實實在在地逼近著。

「這是我在那個『只要我們沒回家，就沒人會看的信箱』挖出來的，不好意思啊，我擅自看了內容，因為爸媽根本不會看嘛。」余晨馨微笑著說：「不管怎麼樣，先讓姐姐我來煮個火鍋，然後我們邊吃邊聊吧？笨弟。」

沒等他答應，余晨馨輕車熟路，在不大的套房裡摸出電磁爐和鍋子，逕自處理了起來。

加入高湯，煮滾了水，投入新鮮菜葉和菇菇、玉米，房裡很快被新鮮食物的香甜氣味充滿。為了避免衣物和棉被床單沾滿火鍋的食物味，魚打開了窗子通風，房間裡的空氣對流器全力運作著。

火鍋這樣的料理是這麼神奇，只要放進去的食材本身不要太出格，要煮出一鍋美味，並不是什麼難事。有團聚之樂，有享用美食之趣，是人們相聚時不錯的選擇。

這大概也是為什麼余晨馨會準備這些東西來當作伴手禮。

看著瞇起眼仔細攪拌鍋中食材的姐姐，魚陷入了過往時空的回想之中。

打從余晨馨上國中之後，家裡的掌廚人經常就是姐姐，當年在市政府剛剛升任主管職的公務員父親，以及全力拼教授升等的母親都是早出晚歸，他們倆姐弟不僅同為鑰匙兒童，更是最常在晚餐桌上相見的家人。

父母回家除了監督功課以外就沒別的話題了，兩人還經常在家大吵，從個性到主張上都充滿了摩擦。印象中的家，總在吵架聲中度過，那裡有面紅耳赤的母親、沉默不語的父親，以及面帶微笑抱著魚的姐姐。

「笨弟，不要緊，姐姐在這裡。無論發生什麼，你都有姐姐。」從前姐姐說起這段話的樣子，直到現在還十分清晰。

這樣的她，背負著比起魚而言更多的長輩期待，品學兼優且強大得令人安心。她坐在火鍋對面的那副微笑，彷彿就像過往般熟悉。

「可以放肉了喔，自己放，笨弟。」

「我知道啦……一直叫我笨弟，早晚會真的變笨。」

魚用鐵夾取了幾片肉，在鍋裡涮過之後，首先放到姐姐的盤子裡。

「嘿，還是這麼拘謹的乖寶寶啊，我又不是老媽，你先夾給我做什麼？」話雖這麼說，余晨馨的笑容卻是更加開懷。

在家裡被嚴格要求的禮節與規矩，根深蒂固地印在身體內，有如無形桎梏，深深掐在魚的靈魂與血肉之間。

在閒談當中解決了絕大部分的鍋中物，魚取出冰箱裡總是常常準備著的冰鎮麥茶，給自己和姐姐各添上一杯。

搖晃著琥珀色的茶湯，余晨馨瞇著眼問道：「所以，有關校方的預警，你準備好解釋一下了嗎？」

「其實，我也不知道為什麼我要搞成這樣。」

「嗯，我想也是。」

姐姐像是心領神會地點了點頭，魚卻看似十分困惑。

「人哪，對自己的事情搞不清楚是常態。在旁人眼中呢，則看起來特別雪亮——你在懷疑自己的人生到底有什麼意義吧。」

人生有什麼意義呢？

按照母親的要求報考了指定的學校，按照父母的期望獲得好成績。畢業以後，想必也能進入穩當的大公司工作，每個月取得一份不算差的薪水吧。

不與人為惡，刻意與人為善，與不值得交往的人劃清界線，以免拉低自己的課業成績。不交女友，不和朋友外出野遊，魚貫徹了父母所說的一切「乖寶寶」樣貌，成就了一個既優秀又虛無的自我。

「是啊，有什麼意義呢？」魚低著頭說：「雖然我現在忽然有了想留在這裡的理由，但應該是來不及了吧，我得要好好面對這個『追尋人生意義』的苦果。」

「喔？這我就有興趣了。」余晨馨的眼睛忽地一亮，「你為什麼忽然不想努力了，我一點都不在乎喔，可是你為什麼想要努力了，我很有興趣知道。」

「妳不在乎我退學？」

「為什麼要，那不是你的選擇嗎？我信賴你的選擇。」余晨馨的微笑刺得魚的心陣陣疼痛，

「所以呢，為什麼？」

「因、因為……」魚握著玻璃杯的手有些顫抖，滿面通紅的他一時也有些不知該如何是好，

「我好像喜、喜歡一個在網路遊戲裡認識的女生，我最近才知道她讀師道大學，而且就在水大附近打工……」

「喔，這不是很好嗎？」

余晨馨的笑容裡有著明顯的放心與釋懷，魚一點都不明白她的這份安心從何而來。

「那麼，即使退學了，也不用擔心。」余晨馨微笑著點了點頭，「只要你的目標仍在，只有早晚的問題，沒有做不做得到的問題。」

雖然姐姐的信心來得莫名其妙，但魚聽了這一席話，還是感受到被原諒、被鼓勵了。

所謂的關愛，就該是像這樣的家人、如這般的對話吧。

「你就盡量掙扎吧。」余晨馨拍了拍弟弟的肩膀，迎上他的苦笑，「加油，姐姐站在你這邊。」

「好、好啦……」魚陰慘地點了點頭。

五、虛實的邊界

晨光從敞開的窗子透射而入，照醒了最近這幾個月來難得早睡的魚。迷迷糊糊之間，瞥見身邊竟有一位美麗無比的女孩睡得香甜，那毫無防備的睡姿，晶瑩剔透的雪白大腿，以及敞開衣襟露出的豐滿上圍，嚇得他整個人都醒了過來。

理智上理解到那是自己的姐姐之後，他的表情馬上從羞澀轉變成鄙視。

「沒氣質的睡姿……要是把這個拍下來給那些苦追姐姐好多年的人看，他們應該差不多就夢醒了吧。」

「才不會呢，笨弟。」余晨馨忽然圓睜雙眼，又把魚給嚇得差點跳起來，「你要是拍了，他們肯定就是花錢買也要拿到照片，到時候我可是要分紅的喔。當然，我八分，你二分。」

「……我就不吐槽為什麼是這種比例了，但妳會不會太淡定了一點。」

「我知道你一定不敢啊。」余晨馨起身梳理了一下亂糟糟的頭髮，開懷笑著說：「你要是敢，我絕對會把你貼在牆壁上的嘛。」

魚不禁吐了吐舌頭。

余晨馨是慈館大學資工所的研究生，念大學部的時候，她參加的「古流武術社」專研實戰太極拳，她可是勇奪「時代演武」大專盃冠軍，甚至還被雜誌採訪的年輕女拳法家，他絕不會忘記姐姐每次拿自己試招的時候被各種巧力甩到牆壁上的感覺。

看她開懷大笑的樣子，魚不禁想——如果貓的拳鬥士在現實當中現身，也許就像姐姐這個樣子吧。

不過，肯定比她有氣質一百萬倍。

「好啦，笨弟，陪我走去捷運站吧，順便去你說的那家便利商店看一下你的心上人。」

「咦？為什麼啦！」魚轉過頭去等姐姐換衣服的期間，聽見這樣的提議，瞠目結舌地喊道。

「因為姐姐好奇啊，怎麼樣，她又還不是你的誰，給姐姐看一下會少塊肉？」

魚馬上就放棄了抵抗，看著他陰慘慘的表情，作姐姐的余晨馨倒是笑歪了腰。

兩人肩並肩地走在熟悉的巷子裡，周遭的路人紛紛對姐姐大行注目禮，不斷提醒著魚，她的漂亮貨真價實。

雖然作家人是不錯，但魚就是不能理解這種會把弟弟貼在牆上的女生有什麼好的。

來到熟悉的任意門便利商店，毛芝菱那已經看慣的身影果然又在店裡忙進忙出。余晨馨透過眼神確認過那就是魚在意的人之後，拿了張《聖泉傳說》的點數卡，就準備要去櫃檯結帳。

「咦？姐姐妳也有玩？」魚驚訝之餘，小聲地說道。

「怎麼？慈館大學的研究生不能玩線上遊戲嗎？」余晨馨眨眨眼睛神祕地笑了笑，隨即拉著魚一起湊近櫃檯。

「歡迎光臨——咦？余同學早安。」總是讓長長的瀏海蓋住大部分眼睛的毛芝菱，嘴角上揚的弧度看起來分外可愛，「今天不是……一個人啊？」

「嗯？這位店員小姐很在意的樣子喔。」余晨馨笑咪咪地說：「不要擔心啦，我只是他姐，我的笨弟弟是不是給妳添麻煩了？告訴我，我幫你打他。」

「沒、沒事，余姐姐妳好……」面對並不熟識的余晨馨，毛芝菱像是從前魚看過那般，既怕生又有些侷促。

望著有這樣反差的毛芝菱，魚不知不覺間昂揚起一種沒來由的優越感，就像是只有他知道貓的小祕密一樣得意。

這兩人的小小反應，全都看在余晨馨的眼裡。

「毛同學也有在玩這個吧。」她笑吟吟地將點數卡推到毛芝菱的面前，「我在逆滲透伺服器，玩拳鬥士，ID是『月色生香』，妳呢？」

哇——這麼直接？魚一臉驚愕地望著看來理所當然的姐姐，又看看開心不已的毛芝菱。

難道不敢直接問的自己，才是奇怪的那個人嗎？

「哇，是伺服器排名前十的拳鬥士！余姐姐竟然這麼強嗎？我的偶像——我是『零分果汁貓』喔，請問上線可以加好友嗎？」

雖然心裡早有底了，但魚聽見ID從她那可愛小巧的嘴裡說出來，還是感受到自己胸口被重重撞了一下。

但他不知道自己最大的危機還在後頭。

「余同學呢？上次你買點數卡的時候，我就知道你有在玩，也可以讓我知道一下ID嗎？」

「呃……」

沉默了大概有十秒，在姐姐微笑的注視，以及貓困惑的等待之中，魚覺得自己的心臟快從嘴巴裡跳出來了。

「吸貓的秋刀魚……」

魚艱難地從嘴裡小聲擠出了這幾個字，眼睛餘光，立即瞥見貓不知是否因為錯愕而微張的雙唇。

他不敢聽接下來的評語，於是急忙拿起結完帳的早餐，匆匆離開了櫃檯。

「咦？笨弟你幹嘛，啊不好意思，小貓那我們先失陪了喔，謝謝妳啊！」

余晨馨尷尬地笑著賠不是，急急追了上去。

* * *

「真是的，你不是才決定要面對挑戰嗎？」臨上車之前，姐姐嘴上說得正經，手上卻也沒忘記要揉一揉魚的頭，「目標越明確，努力才有著力點啊，去好好面對你喜歡的女生吧！」

送走了姐姐，魚一面思索她的話，一面慢吞吞地踱回「任意門」便利商店。

隔著玻璃門，能看見貓穿著綠色制服忙裡忙外的身影，他左思右想，卻還是無法提起勇氣進去看看她。

在柳情闖入他的情感世界以前，魚的人際交往向來淡薄，從來不曾對任何人特別在意，貓是人生當中第一個讓他如此介懷的女生，光是想起她那纖細的身影，就足夠要他害羞得連話都講不好。

同時，貓就讀於專門培養教學師資的名校——師道大學，那不但是錄取分數極高的國立大學，更是眾所皆知，在畢業之後保證有穩定工作機會的學校。

相比之下，魚雖然也就讀於資訊產業界相當有名的水岸大學，但是在錄取分數上有宏大差異不說，在非IT產業人士的眼裡，水岸大學的名聲可不比國立。

何況，自己正面臨退學危機，在這種情況之下，如何能夠挺起胸膛面對心儀的女孩呢？

魚心中千頭萬緒，回到套房當中，望著漆黑的電腦螢幕，一股源自於胸膛深處的悶堵感油然而生。

明明已經和貓約好，在期末考之前都不會上線，但此時此刻心亂如麻的魚，卻非常希望能在線上，向貓詢問她到底對自己的第一印象是怎麼想的。

為什麼自我介紹完了以後，就急著奪門而出呢？

為什麼看到貓在店裡忙碌，又不敢進門搭話呢？

為什麼只在面對貓的時候，自己會這麼怯懦呢？

真是後悔沒有和貓加LINK啊——魚深深嘆了一口氣，在心底響起這樣的嘆息。

冬天的天色黑得快，在家裡溫習功課，不知不覺就到了晚餐時間。魚再度走出家門，經過「任意門」的時候，不由自主地又望店裡探看了一下。

已經是貓的下班時間了，左瞧右看，確實只剩下中班的那位男性職員在店裡站櫃。

少了貓的身影，那間任意門也少了吸引力。食慾並不算旺盛的魚，卻始終沒能提起興致走進便利商店隨意解決，思忖之下，決定轉往非常熟悉的小吃店祭祭五臟廟。

那是間在學生之間大受歡迎的店，五十種炒飯洋洋灑灑列在價目看板上，統一價格只要五十元，店名更是毫不做作，就叫「五十炒飯」，可說非常簡單明快。量大、美味、便宜，但凡是水岸大學的學生，幾乎都不會錯過這間餐廳。

從前也總是懶得想晚餐要吃什麼的魚，來得比誰都勤，店裡負責清桌的服務員，無不認得魚這位超級熟客。

他像平常一樣推開門，卻發現貓就站在餐廳門口張望著，小吃店裡人滿為患，唯一剩下的，就只有一張二人桌。

狀況不妙——正當魚這麼想的時候，那位親切的店員已經三兩步迎了上來。

「同學你來啦，不好意思啊這位小姐，能跟我們這位熟客同桌嗎？我們剛好沒位子了。」

「啊……我沒問題的。咦？余同學？」

貓順著店員的視線望向背後，剛好和一臉苦瓜樣的魚對上了眼。

和貓的眼神交會同時，魚就是再怎麼不情願，也只好放棄了逃跑的念頭。

「那我們一起坐吧？」貓小聲地說道：「可以……叫你魚嗎？就跟線上一樣？」

「咦？原來你們認識啊。」店員彷彿發現寶物似的，眉開眼笑地說：「同學，你女朋友啊？」

「啊啊——不是不是，我們只是普通朋友。」貓急急地否認道，不知為什麼，雖然是事實，這話聽在魚的耳裡，卻覺得有些氣餒。

雖然在線上十分親近，兩人在現實生活當中的交集，卻僅僅只有在便利商店見面和結帳。這種有些飄渺的距離感，一時之間讓不擅人際的魚侷促不已。

兩人很快點完餐，一頭柔順黑色長髮的貓就在自己的面前，魚的眼神左右閃躲，始終不知該把目光往哪擺才好。到了最後，他只好直勾勾地盯著空無一物的桌面看。

「魚怎麼了？果然是因為我的眼睛顏色很嚇人嗎？」頭頂上傳來貓怯生生的聲音，魚趕忙抬起頭來否認。

「怎麼會呢，妳瀏海很長，我其實也沒有直接看過妳的眼睛……」

正仔細把瀏海撥開的貓，那雙眼睛盡收眼底。

不看還好，這一看簡直要讓魚看傻了。

那是一雙明亮得足以看透靈魂的湛藍色眼眸，眼底的深邃，恍若幽遠的海底暗藏著星空，這種魔幻美目近在眼前，要人不敢置信。

哪怕是真正的貓咪，也不見得有這麼美麗的瞳色。

然而貓卻是有些不自在地閃避著魚讚賞的目光，她小心地將瀏海放了下來，回到魚熟悉的那個模樣。

「妳的眼睛很漂亮啊，怎麼能說是會嚇到人呢？」不知道自己是不是讓貓感到不自在了，魚趕忙表示歉意，「妳可以多一點自信的。」

「我是混血兒，這個眼睛的顏色從小害我被欺負到大，小時候同學都說我是怪物。」

「開、開什麼玩笑，這麼漂亮的眼睛，哪裡能說得上是怪物呢？要我說的話，是我們在中央城北平原看到的精靈族美女才對吧。」

看到魚這麼激動地在為自己辯解，貓有些驚訝地說：「啊，我也喜歡那個角色。這樣啊，魚覺得很漂亮嗎？」

炒飯送上來了，兩人不約而同地都點了咖哩蛋炒飯。他們更幾乎在同一時間伸手探向甜辣醬的罐子，又帶來了一段小小的慌亂。

「貓妳也這麼吃？我以為只有我會這麼吃法……」

「咖哩加甜辣醬嗎？是真的怪，可是我喜歡啊，嘻嘻……」

黑亮的髮尾在貓偷笑的時候輕靈擺動，一次次晃搖著魚的思緒，要他幾乎忘記自己是怎麼把炒飯吃完的。

她的每個笑容都能把魚的靈魂勾到遠處，每次掠起髮尾將食物往小巧的嘴裡送去的模樣都能在心底掀起風暴。

「魚，雖然說好，在期末考之前都不上線。可是……可以的話，今晚可以上來一下嗎？」

「咦？」期末考的話題硬生生將魚拉回現實世界，但一方面，能夠一再確認眼前這位有著漂亮眼睛的女孩確實是貓，又讓他感到開心。

「好嗎？」看見魚遲遲沒有回答，貓有些擔心地再問了一次。

「好、好的，沒問題。」

得到了肯定的回答，貓那眉開眼笑的樣子讓魚差點原地升天。

「那……我先走囉，晚上見。」

她蹦蹦跳跳地離開小吃店，看來心情似乎很好。有那麼一瞬間，開朗的拳鬥士「零分果汁貓」彷彿就像在眼前。

「晚上見……」彷彿追著貓離開店門的身影似的，魚語調淡然地自言自語道。

在不需要準備期末考時，貓大抵都是在晚餐時間過後不久，就會上線同樂。因此魚匆匆離開店門之後，也趕忙往自己落腳的套房跑。

他一面跑，一面想道——比起藉由網路世界逃避現實的自己，貓真是個認真生活的好孩子。她不但自己打工賺取學費、生活費，課業方面也從不荒廢，遊戲、打工、課業三方兼顧的能力與精神，一向令魚十分佩服。

然而明明是鄰近期末，貓今天卻忽然要魚上線，又是為了什麼呢？

一小段時間沒有登入，點了《聖泉傳說》的遊戲圖示，迎來的是一段容量不小的更新。家裡的網路其實並不算慢，但魚卻感覺這次更新的等待，比從前任何一次都要漫長。

好不容易，遊戲畫面終於開好了，他急急忙忙上了線，從好友列表看來，貓早已等在線上。

「唷，考試魚，你考完啦？不是說過要考完才上線？」先說話的是魔導士祈祈，「你烤好了嗎？我有烤秋刀魚可以吃了嗎？」

「貓上來就好啦，你是多的，還不快去用功。」飆風小綿羊酸酸地說，隨即被會長盛讚星屑禁言三分鐘。

「雖然知道是開玩笑的，但還是要禁這隻屁羊的言。魚你下次打本的時候就放生這頭廢羊，不要幫他補血，讓他變烤全羊。」

公會頻道上，這幾個上班族果然都在，讚星和小羊這些成績不錯的學生黨，也是穩穩的在線上。金色秤子和紅葉原本話就不多，沒見他們在頻道上跟著搭腔。

飆風小綿羊密語過來說：「開玩笑的啦，大家都想你囉，沒你當補師的本打得有夠綁手綁腳的，一點效率都沒有。」

「原來是想念我的『實用性』嗎？你這可惡的誠實羊，看我還不放生你！」

羊在密語頻道上面刷了一整排的哭臉，這時魚發現在畫面上小小的一角，有貓傳來的組隊申請。

如同往日一般點了「同意」之後，首先招呼過來的並不是貓平常說話必然會先有的一排「哈哈哈」，而是有點生澀的對話。

「嗨……魚，你上來啦。」

「嗯，我上線了。」

隔著螢幕都感受得到的異樣感，讓魚覺得萬分緊張。

莫名其妙地在遊戲外相認了，雙方都沒有心理準備，究竟自己以後上線該怎麼對待貓呢？以後還去那間便利商店嗎？話說回來，自己不就是因為懷疑便利商店的那位店員可能是貓，才決定要好好努力一把的嗎？

為什麼見上面以後反而更加退縮了呢？魚想到這裡，覺得搞不懂自己，更有點討厭自己。

在這樣的自我懷疑當中，察覺到貓有些和平常不同，魚心中的忐忑，是越來越深沉。

直到貓送出了一個奇妙的請求視窗。

魚定睛一看，那視窗上所寫的內容是「『零分果汁貓』向您提出結為知交的請求」，「同意」和「拒絕」的按鈕在畫面上既惹眼且突出，像是大肆喧嘩著、張揚著它們的存在感。

怎麼可能會按拒絕啊！魚在心裡吶喊著，而當他按下同意的時候，有昭告天下的系統訊息，秀出了兩個人的遊戲ID。

「拳鬥士『零分果汁貓』與祭司『吸貓的秋刀魚』，在聖泉女神的見證之下，結為情緣知交。聖泉大地上又多了一對相知相惜的知己之人，何其有幸！」

一時之間，公會頻道裡眾多成員紛紛複製起這段訊息，在頻道上鬧成一團。

那些喧囂洗過螢幕，卻沒能洗去貓在隊伍頻道裡打上的區區一個笑臉符號。

「請你上來就是想做這件事，本次更新的新功能——締結知交。」

「妳沒想過找別人嗎？」魚感覺自己打字的手都有點發抖。

「沒啊，那當然了。我是貓嘛，你不是吸貓的秋刀魚嗎？」貓一面打字說道，一面用著招牌的哈哈大笑動作。

看著這樣的貓，魚感覺得到，在胸口鬱積的那些酸楚，瞬間化為一道道暖流，流經自己的四肢百骸，隨後傾洩而出。

意外在遊戲外認親之後，魚一直十分焦慮，有太多的想法縈繞在腦海裡，卻沒想到貓簡簡單單的一個動作，就能把他的煩惱吹得煙消雲散。

「那……考試加油囉，我們都加油。」貓的拳鬥士靠了過來，揮了揮手。

自己走過這關。

期末考結束了。

魚畢竟並不是真傻瓜，在考完的當天，大概就已經完全可以確認自己的下場會是什麼。

但是在既定的現實降臨到自己身上之前，他還是期待能夠有一些無以名狀的小幸運，可以幫助自己走過這關。

「魚你怎麼了？心不在焉的樣子。」

和魚在改版後的新地圖冒險練功的貓，察覺到他的些許不對勁，擔憂地問著。

「小羊和紅葉的血線剛剛都波動得很厲害喔，你好像注意力有點不集中啊？」

「啊，不好意思，我在想事情。」

腦海中浮現貓的那雙漂亮眼睛，魚心底的感慨又更濃厚了一些。

在隊伍頻道上，紅麻薯和祈祈關心地向魚丟出問候，但看在他的眼中，卻絲毫沒有任何作用。

也許正因為是自己在課業上放浪形骸的苦果，根本怨不得任何人，所以他才顯得這麼有苦難言。

盛讚星屑是驅魔祭司，他的補血能力並不算太好。在專修讚美技能的魚不能善盡角色特性的狀況之下，他就算轉為輔助，團隊在練功的時候依然十分辛苦。

眼見狀況實在太差，大夥也只好在十二點不到的時間點上，悶悶地散了團。

「抱歉，都是因為我。」魚一向不喜歡給別人添麻煩，造成這個局面，比自己搞砸了生活還要痛苦。

「你別自責啦，誰都有狀況不好的時候嘛。」貓操作著人物坐到魚的身邊，做出了摸摸頭的動作，「你想跟我說說發生什麼事情嗎？」

魚盯著好友名單上大大寫著的「知交」，不知為什麼，總覺得現在的自己似乎已經擁有一切，卻又彷彿一無所有。

全世界，彷彿就只剩下貓一個人。

「其實我一點都不想念資工，我甚至有點搞不清楚，到底為什麼要念大學。照現在這樣下去，畢業以後，我會找一間公司，一輩子敲程式碼賺錢吧。為了什麼而賺錢呢？單純就是生存嗎？想到這裡，我就不知道自己在幹什麼。」

鬼使神差地，他在螢幕上敲下了這些話，什麼也沒想，透過密語頻道一句又一句送了出去。

「取得好成績，當個好孩子，做個好學生。我一直都是乖寶寶，父母要我做什麼，我就做什麼。我完成了期待，老爸就是點點頭，老媽會說這理所當然的，因為你是我兒子。所以呢？我到底要什麼？我是誰？我除了是父母驕傲的兒子之外，我還剩什麼？」

一字一句連珠炮地說，等他發現整個畫面上都是自己的牢騷，而貓似乎一句話也沒說的時候，才終於停下了那雙一邊打字一邊顫抖的手。

「……抱歉，我太負能量了。可能是因為我整個學期擺爛，到現在應該是退學退定了，所以心裡更煩吧，對不起。」

貓的拳鬥士伸出手來，又一次摸了摸魚的頭。

「我都不知道你心裡這麼辛苦。」貓在密語頻道上說：「我一直這樣黏著你一起玩，是不是害了你呢？」

「沒有這種事，不如說——妳的存在現在越來越重要了，對我而言，反而是我不想被退學的動力。」

「越來越重要是什麼意思？」

魚看到這句話之後，上下文讀過一遍，忽然覺得滿面通紅。

這不就像變相在告白一樣嗎？

「呃，那個，我們現在是『知交』了嘛……」

看見魚的回答，貓在密語裡丟了個傻眼的表情。

「我不知道該怎麼安慰你，但是我覺得，你雖然是消極抵抗，也算是正式開始思考自己的人生了。」貓一面說，一面又摸了摸魚的頭，「我記得你在店裡第一次知道我讀師道大學的時候，說過『師道大學的學生也會玩線上遊戲』這樣的話吧？這所學校的分數很高，但其實我根本就不想當老師……所以，我可以理解你說的。」

「咦？不想當老師，那妳為什麼志願還填師道大學呢？」

貓做了一個苦笑的動作，「這個志願，其實是我爸爸擅自幫我填的……先別說我的事了，魚不喜歡現在的生活吧，你有真正想要攻讀的科系嗎？」

魚左思右想，覺得腦袋裡一片混沌。

現在的消極，出自於對父母的反抗。自己真正想要什麼，卻是並沒有細想。

「老實說……我不知道。」

「那教你一個訣竅吧。」貓的人物站了起來，蹦蹦跳跳了一陣，「你想想看，什麼事情是你付出最少，但得到最多的。那件事，可能就是你的天賦所在喔。」

看著貓的說法，魚陷入了沉思。

「嗯，我知道了，我會想想看的。謝謝妳，我覺得稍微有方向了。」

「隨時候教！」貓哈哈大笑地說：「不管是不是真的要被二一了，還是要加油喔。」

「嗯，我們一起加油吧。」

六、近在眼前又遠在天邊

在期末考成績發佈之前的一個禮拜之間，魚試著保持平常心，如同往日一樣度過剩餘的大學時光。

也許在發布成績之前，這已經是最後一點點還能夠放鬆的餘裕了，那是近於置之死地而後生的快感——「現在放棄，寒假就開始了。」

魚一直以來都是能夠面對現實的人，即便是自己不喜歡的人生、沒有興趣的學科、並不想要深交的朋友，他都能夠有模有樣地付出適當的努力奪得成果，也能與別人相處得不失禮節。

一面接受自己可能沒辦法順利度過這關的現況，魚今天也目送貓下線之後，便準備要享受一下最後剩餘的頹廢——畢竟因為退學返回老家之後，可能也沒辦法再這麼悠閒了。

然而紅葉在此時用密語丟給他一個非常令人在意的話題，讓他本來悠哉的心情被緊張感填得滿滿的。

「我跟小情已經正式開始交往了。」紅葉洋洋得意地說：「似乎完全弄清楚你的心情之後，她就特別坦然地接受我了呢。魚啊，我要謝謝你那天的果斷喔。」

「不必謝我，以同學而言，她事實上很照顧我。我對她很抱歉，對於拖到真正用心想追她的你，我更覺得不好意思。」

紅葉旋即傳來一排嘔吐的表情符號。

「好啦，大好人，我跟你講，你這種過度的客氣，說真的很噁心啊，有一天會因此讓人討厭的，不騙你，最好改一改。」

紅葉平常在公開頻道的說話方式都很冷漠，給人一種沉默又聰明的感覺。他的控場技巧也是厲害得無人能出其右，因操作難度極其複雜而顯得稀少的咒術師，他卻是箇中翹楚，在「逆滲透」伺服器要是不稱第一，大概沒人敢講第二。

這樣的紅葉，總在私下對話時展現出讓魚大開眼界的一面，那是既犀利又一針見血的吐槽，以及惡毒卻十分有用的見解。

鬼使神差地，魚把心事又再向紅葉吐露了一遍。

「所以，你依照自己的意思作了一趟大冒險嗎？不簡單嘛，雖然說搞到被退學很不可取就是了。不好意思喔，弄到這種地步，只能說你對於人生的掌控程度實在太差了，我沒辦法忍著不笑出聲。」紅葉一樣毒辣地說：「其實，小情不時也會喃喃自語著說你可能會被退學的事情，所以這事我早就知道了啦，從我女友嘴裡聽見別的男人的事，我還有點小不爽呢，呵呵。」

「喔，關我屁事。」魚一面回嗆，一面在語末加上了個鄙視的臉，「反正，也許是階段性的生活要面臨結束了吧，我現在心情與其說是沮喪，不如說還有點對之後的生活感到好奇。」

「怎麼說？」紅葉簡短地回應道。

「我從以前開始，都只在老媽給我開好的道路上走，這會是人生頭一遭違背她的意願，走向她不曾經驗過的求學路。」魚感覺得到自己打字的手，正因為激動而顫抖，「說實話，我心裡有點期待。」

「嗯——聽不太懂。聽小情說你原本是個高材生，從前也沒跌過跤的樣子吧。摔得頭破血流，竟然顯得好開心的樣子，魚你事實上是個變態被虐狂吧？」

「靠北喔，你才是M，你全家都M。」

不知不覺間，紅葉的人物出現在魚的旁邊，一面使用左顧右盼的賊兮兮動作，一面悄悄地交易給魚一個物品。

那看起來是一個特別的道具，是個可以留下詞句的戒指，兩支一對，只有在新版本的困難地下城才能取得。

「這不是最近正夯的定情信物『祈願戒指』嗎？」魚驚訝地說：「這很難打到的吧，你不用給阿手嗎？」

「我又不是白痴，阿手不就小情，現實當中就是我的人了，她最近連遊戲都不太上，我要這個幹嘛？只是看你好像有點長大了，給你個愛的鼓勵，祝你早點轉大人而已啦。」紅葉一面說，一面做了個掩嘴竊笑的動作。

「幹嘛啊，神祕兮兮的，噁心死了。」

「別這麼說嘛，我可是想幫你的。」紅葉又甩了個奸笑的表情符號，「畢竟你跟貓好像現在還不錯吧，綁了知交不是嗎？但你又要被退學了，我猜你之後也會很少上遊戲吧。」

「大概會吧……」

回到老家，在父母的跟前，是很難像從前一樣任性地待在遊戲世界裡了。更何況不可避免地還要準備重考，像現在這種玩遊戲的強度和頻率，肯定無法維持。

「這樣的話，你的處境就很危險啦，所謂近水樓台先得月。」紅葉的人物搔了搔頭，又聳了聳肩，「讚星他可是有動作的喔，在等你示弱呢。」

「什麼意思啊？」魚一臉迷糊地敲著鍵盤。

「這個超難打的對戒，讚星上週也打到一個。」紅葉的竊笑又來了，「而且他其實預備好要在貓上線的時候馬上告白，把這個對戒送出去呢。之所以沒有做，是因為之前貓一上線就跟你綁了知交啊，廢魚。你逃過一劫啊，小朋友。」

紅葉所說的話，在下線之後，彷彿還從漆黑的螢幕裡斷斷續續地傳來。往後幾天，魚上線也沒見到貓，魂不守舍的日子就這麼一天天過去。公會頻道上，讚星、紅葉和其他會員的互動也似乎一如往常，看不出來有什麼異狀。

又過了幾天，期末考的成績終於發佈了。

儘管早已有心理準備，但魚拿到成績單得時候，還是自嘲地露出了苦笑。

「余韜秋。」

好一陣子沒有說上話的柳情，神情有些扭捏地走來，魚臉上的苦笑，隨即成了尷尬又不失禮貌的微笑。

「又來了，這個皮笑肉不笑的樣子。算了，這就像是我最初認識的你。」柳情嘆了一口氣，有點不自在地玩著髮尾，「那個，狀況很糟糕嗎？」

「能夠特地來關心我，表示妳也差不多釋懷了。」望著露出尷尬笑容的柳情，魚卻像是鬆了口氣似的，「還是說，妳覺得再不說就沒機會了，所以才來跟我搭話？」

「算是吧。」柳情清了清喉嚨，勉強正經了臉色說：「老師說過你只要平均分數考到四十分，就放你一馬。即使你這麼天才，大概也是很難？」

原來在柳情的眼中，或者是大家的眼中來看，自己應該是個天才嗎？——魚在心中這麼嘀咕著。想到這裡，魚的臉色便漸漸變得十分木然，「剛好相反。」他說。

「剛好相反？意思是你沒覺得很難，反而還十分有餘裕嗎？」

「不，個位數和十位數正好相反，我考了平均分數『十四分』。」

隨後，魚將成績單攤在柳情的面前，望著她睜大了眼睛不可置信的樣子，魚心中的空洞更是顯得寒涼。

「妳剛剛說的話是真的嗎？覺得我應該是個天才？」他的語調裡有些冰冷，「失望了嗎？」

「啊，我沒有——」柳情第一次看到魚這麼冷淡的樣子，反而緊張了起來，「我只是……」

「嗯，妳現在應該穩坐學年第一了，努力有成果，我要恭喜妳。」魚淡淡地說，臉上重新掛上令人感到心痛的虛假微笑，「我要走了，不久之後就會離開這個學校，先跟妳道個別吧。聽說妳現在跟紅葉在一起？我是很祝福妳們的，感情和成績，都加油喔。」

魚說完之後，邁開步伐便要離開。

柳情垂下了肩膀，身邊有一位身材高瘦的男人走來，拍了拍她的頭。

「真是笨拙呢，小情。妳本來不是要為之前的輕率行動道歉嗎？不追上去怎麼行，來吧。」

手長腳長的男人三兩步便追上了魚，他拉著柳情橫阻在面前，惹得魚一陣疑惑。

「你哪位啊？」

「哇，如果在線上，還真沒想過你能露出這麼有男子氣概的表情呢。『吸貓的秋刀魚』，我是誰，你應該心裡有底吧。」

魚仔細看眼前的男人，身上穿著整齊的襯衫、穩重的西褲，梳理得十分整齊的短髮，乾淨的面孔，溫和的表情，要說的話，是個看起來令人十分安心的大哥哥。

「阿情的男友，所以你是紅葉？」

「賓果——」那人一拍手，摟著柳情的肩膀攬到自己身邊，「我叫李莫紅，就是我紅葉。我說啊，小情是想要趕在你被退學之前，為之前平安夜時過度讓你困擾的事情道歉的。這事畢竟也和我有關，算是我為了追小情給你設了局，所以我也一併來跟你道個歉。」

魚一臉無奈地望著眼前這對新成的情侶，「我說過了，那件事情也是因為我這個人……太過優柔寡斷，才造成阿情的誤會，明明我對她從來沒有這方面的感覺。所以——我也對你們不好意思，這麼慎重地來道歉，說實話，我很困擾。」

「真是嚴苛呢，不過，因為我家小情會覺得過意不去，所以就算是個形式，我還是要陪著她來做這件事。醜話說在前頭，我可不覺得自己有做錯什麼喔——」

「紅葉！」

看柳情有點生氣的樣子，李莫紅只得聳了聳肩，「好啦，有句話說好聚好散嘛。我敢說你原本就計劃好，被退學以後就要澈底離開《聖泉傳說》吧。」

魚聽到這裡，不禁渾身一震。

不愧是在遊戲裡總能夠掌控全局的紅葉，他看人、看事、看時機的本事確實不簡單。

「被我說中了吧，那麼，我前幾天跟你說過的事情，你打算冷處理？」

魚並沒有搭腔，但就算如此，他也知道紅葉在說的是關於讚星想要跟貓告白的事。

「又來了，你一點都沒有長大嘛。」李莫紅搖了搖頭，「你這樣子啊，可不叫優柔寡斷喔，叫『沒有擔當』。」

「我能怎麼辦？貓是師道大學的高材生，而我即將要變成一個悲慘的重考生。所謂門不當戶不對，就是指這種事不是嗎？」魚的嗓門不自覺地提高起來，「讚星讀的可是中部的國立名校，同樣是國立的學生……我有什麼資格。」

「資格什麼的，不應該是自己去爭取的嗎？」柳情雙手握得緊緊的，氣呼呼地望著魚，「我可是要告訴你，雖然貓這人在情感上也傻傻的，但身為女孩子的直覺可並不缺。你是特別的，余韜秋，不要把自己貶得這麼低好嗎？」

「關你們什麼事啊！啊——一個個都這麼多管閒事，可惡！」

魚從來不曾如此激動過，他邁開大步，面紅耳赤地奔跑了起來，眼淚就這麼奪眶而出。

「可惡！可惡！可惡！」

也不知道究竟是何時回到自己的套房，在大半天的沉默之中，魚一邊收拾東西，一邊思考著接下來的事。

本來想用忙碌填滿思緒，讓腦袋放空一點，說不定還能因此變得比較冷靜。但一收拾起來，才發現自己在水岸大學的一年半裡竟然什麼也沒有堆積，短短兩個小時的時間，房間裡就已經收拾得乾乾淨淨。

其中物事，大半是大一時獨自搬來的少數衣物、電腦與必備日用品。仔細看來，除了電腦近來有用於娛樂之外，他竟然連一件嗜好品都沒有。

「是誰說大學就是由你玩四年的？」魚不禁苦笑。

沒意外的話，一向對自己不太關心的父母肯定對現況沒什麼掌握，以姐姐余晨馨的個性，更不會對他的現況插手。

換句話說，無論父母是詫異還是憤怒，接下來都必須要由魚自己來承受。自己種的因，得來的結果必須由自己負責。

一想到這裡，魚的臉上反而掛起了微笑。

雖然是被退學，這卻是第一次由自己做決定的結果。對於父母往往已經設定好的道路，他首次專斷獨行，走向改變，心裡頭還是有些暢快的。

本來應該是這樣的，但他內心裡一個小小的疙瘩，仍然在刺痛著胸口。

「貓……」

魚暗暗吁了口氣，望向已經拆解，準備好裝箱的電腦。

應該要組裝回來，再多爭取幾天待在《聖泉傳說》裡的日子嗎？

再三掙扎之中，魚又一次想起了紅葉和柳情在學校說過的話。

真的要就這樣靜靜地消失嗎？

想到這裡，鼻子又是一酸。到底為什麼早上的自己會表現得那麼過激呢？魚自己的心裡也有些弄不明白。

再三糾結之後，魚在心底下定了一個決心。儘管有點自以為是，他還是披起了平常穿得十分習慣的防風外套，逕直往巷口的任意門便利超商走去。

原因無它，時間已經接近晚餐時間，再過一下子，就是貓下班的時間了。

要是錯過了這一次，肯定會後悔——魚焦急地奔跑著，直至上氣不接下氣地來到「任意門」便利超商的門口。

果不其然，已經是貓的下班時間了，她穿著的並不是在便利商店打工時經常可以看到的制服。米色高領毛衣搭配著卡其色的長大衣，焦糖色的長裙讓她看起來就像是一杯滋味甜美的珍珠奶茶。

她驚訝地看著魚說道：「魚？你怎麼了，跑得這麼喘？」

魚凝視著她那雙被瀏海蓋住的漂亮眼睛，好半晌沒辦法回過氣來。

「我、我——！」儘管心裡想要組織起句子，但生平沒有跑得這麼急過，魚一下子緩不過來，劇烈地咳嗽起來。

貓給他這麼一弄，可嚇得不輕。她急忙將咳得面紅耳赤的魚扶到座位區，還弄了杯溫水給他。

本來是有話要說，卻落得讓貓擔心不已的糗樣，魚一面感受貓輕拍自己的背，一面重新築起他的勇氣之牆。

「貓……我有話跟妳說。」魚苦澀地輕聲說道：「我呢，很快就要因為被退學而離開水岸大學了。」

「咦？怎麼會？」貓驚訝地說，甚至還有些慌張的神色。

「嗯，大概已經完全成定局了吧……如果我回中部老家準備重考，一定要上重考班的。然而我家管教很嚴，所以……想必是沒辦法再上《聖泉傳說》了吧。」

「是喔……嗯，加油。」貓嚴肅地點了點頭，「我會等你回來喔。」

本來想跟貓說「可以另外找別人綁定知交」，但聽見貓斬釘截鐵地這麼說，這句話仍是硬生生吞了回去。

會等我？貓心裡對我是怎麼想的呢？魚在心底這麼嘀咕著，於是鬼使神差地，本來想講的話，本來打定主意要放棄的一切，就這麼偷天換日，成了另外一個約定。

「如果我重考上國立大學的話，妳可以聽我一個請求嗎？」

貓幾乎想都沒想，微笑著回應道：「嗯，沒問題，加油喔，我支持你。」

「什麼樣的請求都可以嗎？」

「什麼樣的請求都可以。」貓的臉看上去有些紅，「太奇怪的我不會答應，不過話說回來，魚你向來很會照顧人，一定不會安什麼壞心眼的。」

望著這樣的貓，魚一時半晌之間，也不知該作何反應。

「我們先交換一下這個吧。」望著這樣的魚，貓柔聲說道，「這樣子，你遊戲沒上線，我們還是可以聊聊天。」

只見她拿出手機，畫面上顯示著一個對魚而言有些陌生的畫面。那是LINK的好友邀請QR Code，會向魚亮出這個訊息的人少得可憐，直到魚透過掃描將貓加入好友，兩人在店門口道別時，他都還覺得有些缺乏真實感。

信步走在人來人往的巷子內，等魚回到套房的時候，天已完全黑了。黝暗的房間裡，不僅衣架上空無一物，書櫃裡的書籍也都已裝箱。如果不是因為還要再睡一晚，枕頭和棉被還沒收起來，這個房間裡還真是沒剩下半分人氣。

肚子咕嘟嘟地叫了起來，這個時候魚才覺得後悔莫及，是否剛剛應該要再約貓一起吃過晚飯才對呢？

「說不定都是最後一次見面了啊……」

雖然是自己造成的，但對於往後不能再就近看見貓工作的樣子，他仍是感到有一絲遺憾。若說人的成長總是伴隨著後悔的話，那麼魚此刻是真的感覺自己有點長大了吧。

「一人做事一人當……」

魚一面喃喃自語著，一面拿出手機。

上面是還沒來得及退出的通訊軟體「LINK」的畫面，在那綠色調的軟體介面上，有著一位新朋友的暱稱。

「零分果汁貓。」他看著LINK上面的暱稱，心中有了點渺遠的悸動。

平常與貓的互動幾乎都在遊戲上進行，因此無論是在面對面的時候，還是像現在這樣，打算透過剛剛才互加的LINK敲些字，聊一會兒的天，都顯得有些彆扭。

明明在遊戲裡，兩人打招呼從來沒有半分猶豫，為什麼現在看著手機螢幕上的暱稱，竟會顯得如此躊躇呢？魚煩惱著，在昏暗中望著手機上的「零分果汁貓」，發呆良久。

「叮叮噹」

忽然之間，來自LINK的訊息通知打破寂寞，在「零分果汁貓」的暱稱後方，多了一個紅色的訊息提醒符號。

他嚇得心臟險些漏掉一拍，慌忙點開對話框，只見貓在聊天室窗裡面放了張貼圖——那是個可愛的貓咪，颯爽的表情萬分明亮，手上還比了個讚。

「噗……」

就算是心情上仍有些複雜的魚也不禁失笑，這和有些害羞又特別冷靜的貓本人完全相反，既傻憨又開朗的貼圖風格，確實就像是平常在遊戲裡看到的貓一樣。

「妳還沒有吃飯？」

「正在吃喔。」貓回覆道，同時還貼了張照片，裡頭有個熱騰騰的麵碗。

顯然已經開動，享用過幾口的拉麵看來有些凌亂，但那份在饑腸轆轆的冬日裡，想要享用熱騰騰日式拉麵的願望，彷彿透過照片傳了過來。

熟悉的桌面，熟悉的店面，熟悉的拉麵，這無非也是自己三不五時會光顧的麵店，離自己住處並不甚遠。

原來，他們兩人曾在彼此不知對方真面目的情況下，在晚餐桌邊，無數次相遇，又無數次錯過。

如今終於知道對方的廬山真面以後，自己卻即將遠行，魚不禁在心底感到有些空，不自覺在LINK上說道：「我還沒吃飯，但又不好意思去找妳一起吃。」

「為什麼？」貓說道：「我可以等你。」

是否就像是近鄉情怯一般，在接近自己真正十分在意的人時，反而會想得特別多呢？魚不知道，但他曉得自己當下並不敢再應邀與貓共桌。

「沒關係，妳專心吃晚餐吧。」

放下手機，魚輕輕嘆了口氣。

相對於自己的糾結，貓的那份坦然，究竟是不是暗示著，她其實對兩人之間的關係也沒什麼想法呢？

帶著忐忑的揣測，魚餓著肚子蜷縮在床上，不知不覺墜入了夢鄉。

七、窒息之家

也許真的是累了，魚這麼一躺，就一覺到天亮。

趁著明媚的天候，天光大亮之際，魚拖著行李，去「任意門」前徘徊了一陣。

到了門口，在櫃檯前看不見她那長髮過肩的纖細身影，取而代之的，是一個染著金髮、身材高瘦的年輕男子，看上去僅有高中年紀。魚這才想起今天是週末，是貓固定排休的寶貴休息日。

他有些失魂落魄地走進超商，拿了熟悉的飯糰與溫熱的咖啡牛奶，結帳完隨意吃了，就像是一切如同往常。

但今天不同，這是他決定要離開水岸大學的日子。

雖說期末考結束之後，通常還有期末報告要做，但翹課翹到已經幾乎呈現消失狀態的魚，當然沒有半個組員，期末報告也是八字沒有一撇，因此對他而言，知道自己註定退學的那一刻起，假日就已經來臨了。

「現在放棄，假期就開始了。」

魚一面拖著打包好的包裹交付郵局櫃檯寄送，一面喃喃自語地自嘲著。

仔細想想，大一入學的時候，他也是像這樣自己打包需要寄送到水岸大學的行李，來到學校領了鑰匙，便入住至今。來時沒有父母陪伴，去時同樣形單影隻。

寄妥了行李，繳回學校合作套房的鑰匙之後，魚頭也不回，慢慢走向捷運站，準備往合北車站的方向前進。

時值假日，捷運車廂裡人滿為患，但儘管有認識的人坐在一起，似乎也鮮少有人對談。旅人們大多低頭滑著手機，擁擠卻又過分安靜。

每個人都活在一個隱形的泡泡裡，他們在自己的小世界徜徉著光陰虛擲的孤寂。在手機上向來沒什麼消遣的魚靜靜地望著這一切，然而無論凝視這個世界多久，世界似乎也不打算回望他一眼。但就算是這個擁擠又寂寞的城市，有了貓的存在，那冰冷的質地之間，又彷彿有了些溫暖的色彩湧現。

魚不由地拿起手機，點開了LINK，與貓之間簡短的幾句聊天，就停在昨天。

他知道貓平日都把課程排在下午及晚上，就為了早上可以去任意門打工。平常日都是六點起床趕上班，週末她沒有早班，是寶貴的睡眠時間。

才剛離開水岸大學的圍牆外，就已開始想念貓在便利超商微笑的身影，深怕打擾到她休息時間，魚拼命忍住想要丟訊息給她的衝動，將視線從手機重新移到這個分明人擠人，卻又彷彿杳無人煙的荒唐世界。

「合北車站，Hepai Main Station……」

毫無感情的電子合成音響起，魚像是機械人偶一般，帶著無機質的空虛感走出了車廂。通往轉運站口的路上，旅客無聲地前行，腳步聲集結成大浪，每一個人，都在無形的洋流裡任憑自己飄蕩，在這個透涼的冬日裡，迴游在比氣溫更為寒涼的社會大染缸。

駢肩雜遝之間，孤寂之感竟然遠較水岸大學的小套房裡更為熾烈。

那靜謐的空間裡，起碼還有唯一的亮光。是存在於小小螢幕當中，與「零分海賊團」一起徜徉在副本裡的時空。

討論著哪個地方又新增了稀有裝備，商量著等一下去哪裡練等；誰又歷經了多少努力好不容易熬到轉職了，誰又默默地喜歡上誰了。

不知道讚星會不會在近期，真的向貓告白呢？

胸口傳來的緊縮、疼痛，讓魚又一次被拉回現實世界。

在購票機上，往「合申市」的南下車票顯示著已無座位的警示。但對魚來說，現在的這一切彷彿都無所謂——

「叮叮噹」直到這個聲音從手機傳來，他急忙放下剛剛買好的車票，往螢幕上看。

時間是九點十分，閃爍著通知標籤的是他在LINK上面為數不多的聯絡人「零分果汁貓」。

「早安，你什麼時候要回老家？」

心底疼痛著，胸膛騷動著，魚那拿著車票的手，不住地顫抖著。

如果現在回頭還來得及嗎？

如果在讚星之前對貓說喜歡她，她會接受嗎？

如果是一個退學的私立大學生，可以對師道大學的高材生表達心中的愛慕嗎？

太多的「如果」縈繞在心頭，魚緊緊抿著嘴唇，艱難地敲下了回覆。

「我正在火車站，剛買好回老家的票。」

句式上顯示著「已讀」，大約有五分鐘的時間，貓都沒有再說些什麼。

正當他準備放下手機時，再度跳出的訊息又讓他急忙點亮手機螢幕。

零分果汁貓：「不要走——雖然我想這麼說，但我想，我們都在這個現實世界裡有許多的妥協。所以我想要再一次用三個字來給你加油：『我等你。』」

魚感到有些激動，他敲打文字的手指猶如急雨，「零分海賊團是因妳而集結的公會，而我只是其中一個會員而已。妳要是讓自己的等級就這麼停擺下來，真的可以嗎？」

「或許對你而言，與『零分果汁貓』就是個隨處可見的偶遇。但你知道嗎？『吸貓的秋刀魚』，擁有這個名字的你，才是讓我在遊戲裡待下來的原因。」貓寫道。

「為什麼？」

「你讓我覺得被需要。」貓在這句話的後面，還加上了一個可愛的笑臉。

字裡行間流露出的孤單，剎那間充盈著魚的心頭，滿溢著同是天涯淪落人的相惜。

「好。」魚淡淡露出微笑，「我一定考回台北市，妳等我吧。」

放下了手機，魚搭上南下的列車，感受胸膛裡的雜音神奇地平息了下來。已經知道吸貓練等速度飛快，卻從沒想過被貓期待也有著不簡單的奇效。

貓在LINK上面的話並不太多，與《聖泉傳說》上過度好動的形象有些不同，雖然貼圖的風格和遊戲裡的拳鬥士一樣走過動風格，但說起話來，遣詞用字就十分理智且沉著。

如果說遊戲裡那活潑開朗的拳鬥士，是一隻充滿好奇心與狩獵本能的阿比西尼亞貓，那麼在現實生活與LINK上的她，就是友善且安靜溫柔的布偶貓。

不說貓是如此，其實魚自己也是一樣。在遊戲中，「吸貓的秋刀魚」無論怎麼看都是個有點搞怪的暱稱，很容易讓人覺得這位祭司是否也像名字一樣有些無厘頭？但事實上，只要曾經和魚相處過的人，都不會吝於給予像是「知書達禮」、「謹守本分」、「好相處又沒壓力」這類看起來十分客套的評語。

魚的心裡其實明白，這些評價非常符合社會期待，不只揭示他終究是父母眼中的乖寶寶，恐怕還是整個社會上認知的乖寶寶吧。不張揚、不狂妄，認真向學且在學業上迭有成就的那個男孩子，就是從來不會反抗也不會造次，讓師長安心、令家人放心的優等生余韜秋。

而這一場弄到自己被退學的「冒險」，直到今天為止，都還只有貓一個人知道。

想到貓給自己的鼓勵，魚還是感覺心頭暖暖的。不是責備、不是訕笑也不是謾罵，這位在遊戲當中一起努力練等，成績不壞，而且還認真打工的女孩，在這數個月間只有帶給魚無限的想念與鼓舞。

他打從心底感謝這個在LINK上話不多，在遊戲裡卻十分過動的可愛女孩。

「我到合申市了。」魚悠悠地在LINK輸入這段留言給已經開始上班打工的貓，拖著簡單的行李走出車站。

短短一年多沒見，合申火車站的樣子卻彷彿十分陌生。儘管如此，重新踏上回家的路，他的身體依然可以熟練地找到公車轉運站，機械性地跳上77路公車，任由這個城市孤舟，帶他遠離喧嘩嘈雜的市中心。

由於77路通往相對荒涼的第十期重劃區，這條路線平常沒什麼人搭乘，車廂裡空蕩蕩的，只有他與司機兩人，在這週末的公車上共享同一份寂寥。

周遭的路景逐漸由熱鬧的街區轉變為低矮平房，接著有原為農田的乾裂土地映入眼簾。公車停在數棟坐落於開闊地形之間的高級公寓，放下魚之後，又隱沒在下個不甚繁華的路口。

當年父母買下這個地段的預售屋，是因為母親透過政商關係，早已知道這裡準備進行都市重劃，而且又是在政府機關預定地附近，可說是房價即將水漲船高的黃金地段，不久的將來，肯定能變成一個繁華的街區。但在魚的眼中，這裡目前依然鳥不生蛋狗不拉屎，是個從火車站必須要搭半小時的公車才到得了的荒郊野外。

回想起來，熟悉又無趣的家，從他們搬進去之後，並沒有變得更幸福，相比搬家之前的老屋，只是一個嶄新的地獄罷了。自從來到這個新家，不知是什麼緣故，原本就不甚和睦的父母開始三天一小、五天一大的吵。從國中一年級開始，家裡便充斥著父親的沉吟、母親的痛斥，以及姐姐余晨馨在逆境中堅強的強顏歡笑。

一邊想著這些種種，魚走近那過於熟悉的鋼製大門，隔著門片都能感受到裡頭的冰冷。

「也對……這時間兩個人都還在上班吧。」魚自言自語地說。

扭開門鎖，推門進入缺乏整理的家，濃重的灰塵氣味在不睦的雙薪家庭裡疊出濕潤又陳舊的滯重氣息。他推開自己的房門，本來預期要悲慘地面對一個猶如廢墟的房間，但裡頭卻不知為何相當乾淨。

有人整理過他的房間——魚心中暗忖，躡手躡腳地靠近他的書桌。

書桌上有一台超薄型的筆記型電腦，上面一張字體秀麗的便條，所寫文字，幾乎能敲碎這個情感停滯的冷凍之家。

「我知道你一定會自己拖著行李一聲不吭地回家，而且為了表示對退學負責，不準備繼續玩遊戲。笨弟，聽我一言：『不要捨棄能夠救贖你心靈的任何人事物』，那位女孩對你很重要吧？那樣的話，不想要被老爸老媽發現，就用這台姐姐送你的筆電玩吧。」

不知怎地，魚覺得鼻子有一點酸。

「順帶一提：你給我好好重新思考自己想要怎樣的科系，重考的時候，別再作違心的選擇，加油！」

「臭老姐……」

魚笑著罵道，任淚水爬上鼻頭，靜靜收起了這個令人驚喜的禮物。

獨自一人在房裡整理行李，不知不覺也到了難熬的晚餐時間。沒有先說過自己會回家的魚，只在稍早之前先傳簡訊告知今天晚上會先把晚餐買好，在家裡等父母回來。

一直以來，這個小儀式都是這個雙薪家庭裡不成文的規定——由「不用賺錢的孩子們」先張羅晚餐。

由於母親那將所有事情掌控在手中的個性，家裡頭大大小小的規定多不勝數。大至「有些節日絕對要回家」，小至「撥電話的時間不可晚於夜間九點」，種種規矩堆砌成繁文縟節，在這個明明感受不到溫暖的家裡維繫著形式上的牽絆。

「我回來了。」

是父親余祿的聲音，這也是規定——只要回家，就一定要出聲，遑論家裡有沒有人在。

魚站起身來，父子兩人面無表情地對視了幾分鐘，竟是沒人能率先打破沉默。

終究，還是第二道返家的「報告聲」化解了這個僵局。

母親路昭妍脫下高跟鞋的聲音在玄關響起，那面無表情的父親一瞬間微蹙眉頭，逕自往臥室換衣服去了。

「啊，弟弟我有收到你的簡訊。」充滿支配感的聲音，與疲憊的身影無法重疊，路昭妍眼神稍許渙散地說：「怎麼就回來了呢，學期還沒結束吧？我們學校這才剛期末考完呢。」

「嗯。」魚以毫無起伏的語調說道：「媽也先去換衣服吧，爸已經回來了。晚餐我買好了，等一邊吃一邊說吧。」

「什麼？那個人已經回來了，那為什麼我回家他可以一聲都不吭？」

這個家還是一如往常呢——魚望著氣沖沖走進主臥室的母親身影，以父母兩人的吵架聲為背景，感受著從國中以來一直跟隨著自己的夢魘再度在眼前上演。

家，對魚和姐姐余晨馨而言從來不是避風港。那裡有裂岸的驚濤，能夠奪走安心歇息的立足之所；那裡有呼嘯的風暴，能夠捲去七彩瑰麗的所有願望。

看著換上便服來到餐桌前，旋即怒目相視的父母兩人，魚覺得自己的遊戲暱稱「吸貓的秋刀魚」實在取得太好了，畢竟他現在的眼神，恐怕也如同缺愛又缺水、沒有吸到貓的秋刀魚一樣，是雙既冷淡又缺乏生氣的死魚眼。

掀開環保便當盒的蓋子，父親開始禱告，感謝神給予的食糧。無神論者的母親不耐地看著這個舉動，只是自顧自地開始吃起便當，而且一如往來不變的習慣——先吃青菜。

魚有時也會覺得有趣，在家裡訂下無數規矩的母親，竟然會因為父親因信仰而生的小儀式而感到煩躁。

她怎麼就不會對自己訂下的儀式感到厭煩呢？

「弟弟，所以你想要說什麼呢？」

聽見路昭妍的提問，魚短暫地沉吟了一下，隨即放下了筷子。

「爸媽，抱歉讓你們失望，我應該是篤定要被退學了，所以我期末考一考完就回來跟你們報告。」

聽見魚的陳述，余祿的禱告聲戛然而止，路昭妍更是睜大了眼睛，一臉不可思議的樣子。

「你剛剛講的是『退學』嗎？」好像是為求謹慎，路昭妍也放下了筷子問道：「我有沒有聽錯？」

「對，我考得太差，還缺了許多堂課，所以應該會被二一……不，照嚴重的程度來講，應該是起碼三分之二的學分不及格。」

本來就還沒開始享用晚餐的余祿一臉沉重，他操著依然平靜無波的嗓音問道：「這不像你，說說是怎麼回事？」

但沒等魚來得及回答，話鋒即刻又被母親搶了去，「能夠是怎麼回事？退學就是退學，還能是什麼事？家門不幸！國立真中大學歷史系史上最年輕的教授路昭妍，她的兒子念私立大學念到被退學，這不是天大的笑話嗎？」

「我知道妳很優秀。」余淼又是微微蹙起了眉頭，就像是身上有哪裡疼了一下似的，「應該說，我們全家都知道妳很優秀，但現在是兒子在講他的事情，妳能不能先……」

「他的事？他的事和我們的事有什麼不一樣？話說回來，不是應該會有期末預警嗎？你是不是又沒看信箱了？」路昭妍咄咄逼人地唸著，而余淼的眉間則緊得像是要黏在一起了。

「不要光說我，妳自己呢？兒子的事情妳在乎了嗎？」

「你呢？你在乎了嗎？你就只在乎你的工作！怎麼了，你轉任一個小小的小組長很了不起一樣，是賺比我多了嗎？說公務很忙，忙起來回到家也在用手機跟你那些可愛的小女生職員通話，跟我就說不上半句話？」

「……妳這樣會讓我更不想說話。」

真是難得和父親取得共識，魚也覺得不想說話了。

省掉了解釋的功夫也好，他將僅僅吃了兩口，食之無味的便當盒留在餐桌上，丟下爭吵不休的父母，默默走進自己的房間。

這個家就是個活生生的地獄——他在心裡一面這麼想，一面像是要抓住什麼似的，點亮了手機螢幕。

而在這個猶如深海般令人窒息的家庭，她的訊息，就像是飽含珍貴氧氣的浮沫般閃現。

「魚到老家了嗎？保持聯絡喔。」

來自「零分果汁貓」幾分鐘前的訊息，讓魚發現自己原來氣得差點忘記呼吸。

既短暫且不愉快的晚餐時間過後，幸好有貓的這段關心，魚才能夠很快地將分崩離析的情緒整理起來。

畢竟他也明白在上學期末被退學的自己，距離即將到來的指定科目考試事實上只有半年左右的時間，目標是重考回跟貓可以相聚的的國立大學，根本沒有多少時間可以浪費。

從背包取出在合中車站附近的「補習班一條街」隨手接下的一疊傳單，他開始揀選起來。

「只要能夠有系統地學習就好了，隨便挑一間吧。」魚一面自言自語，在「需木升學補習班」的傳單上用原子筆打了一個勾。

隨後他取出了姐姐留給他的字條，細細又再讀了一回。

「不要再做違心的選擇……嗎？」魚望著這段話，苦澀地抿了抿嘴唇。

這不但是余晨馨給予的忠告，也同時是他們姐弟倆心中的疙瘩。

父親余祿是中文系畢業，由於沒有明顯的專長，他又對研究工作並不熱衷，因此以一介「讀書人」的身分，選擇參加「現代科舉」，也就是「國家考試」作為畢業之後的出路。

高考及格的父親並不算差勁，但對公務人員最貼切的形容就是「不會發財也不會餓死」，領死薪水的工作儘管如何兢兢業業，也不會因為這樣就發家致富。

母親路昭妍是歷史系畢業，成績極佳的她主要攻研近代史，剛好符合近來的國家氛圍以及學術氣氛，搭上這個學術列車的母親很快拿到博士學位，甚至年紀輕輕便已取得教授資格。在「文史哲」學群的學術殿堂上雖然稱不上呼風喚雨，卻已是成果斐然，令人稱羨。

但這樣的歷程也讓她變得無法同理他人的處境，家裡這個高壓的環境，就是由澈底掌控家中大小事的母親一手造成。

念文組沒出息——自母親取得教授資格之後，就經常這麼說。

雖然自身是歷史系老師，她卻經常把這句話掛在嘴上講。魚也明白她這句話一半是自嘲文組的求職與研究之路十分艱辛，另一半卻暗指薪水比她賺得少的父親窩囊。

魚與他的姐姐就是在母親的堅持之下，無奈地選擇了理工科系。

說到底，理工專業的就業市場較為穩定，在當代社會上不容爭辯。文史哲學專業若不是在學術殿堂，要在資本主義社會上取得一席之地，是難上加難。

儘管如此，魚卻知道自己並不真的喜歡數理。哪怕他與姐姐兩人上大學開始便拿得到書卷獎，那也只是代表在讀書方面下了苦工。

他信手拿起需木補習班的傳單，上頭寫著：「認清自己的潛能！什麼事情是你付出最少，但獲得最多的？」這句話竟是與貓在《聖泉傳說》裡說過的提示恰恰吻合。

「阿秋，爸爸可以進來嗎？」

正讀到這裡，余祿的聲音輕輕打斷了魚的思緒。

「老爸沒關係，我沒事，你不用管我。」

「別這麼說，爸爸進來了。」

不顧魚的反對，余祿小心扭開門把，端著魚沒吃完的便當盒進到了房裡。

「雖然爸媽是那樣子，晚飯還是要吃。」

「我吃不下。」一魚有些不耐煩地皺起了眉頭，這些細微的動作，余祿也沒有看漏。

「爸爸也明白你吃不下，沒關係，先放在這吧。重點是，你面臨著巨大的變局吧？要和爸爸談談嗎？」

「你們光吵架就夠忙了吧，怎麼有空來關心我？」一魚冷漠且帶刺的回答，令余祿本來力求平靜的面孔漫上陰影。

兩人沉默了半晌，余祿還是耐著了性子，在魚的面前坐下。

「爸爸覺得在學業上摔跤並不可恥，我和媽媽不一樣，阿秋你可以不用對爸爸這麼說話。」

魚其實也明白自己說話的方式會傷害到余祿，聽父親這麼直白地回應，他反而有點不知所措。

父親在家裡一直表現得比較沉默，也是母親經常罵的「窩囊」惹的禍。但在魚的眼中，余祿就像是書本裡走出來的文人雅士，他有些風雅的嗜好，也有些風花雪月的興致。寫得一手好書法，年輕時出版過許多本詩集，浪漫且恬淡的性格，不溫不火的，是個妥妥的中文人。

他原本風雅、幽默，但在與母親路昭妍的不愉快婚姻之中，余祿漸漸悶成了一個燙手的鐵罐，既無法帶給他人溫暖，也無法變得冷靜且恬淡。這個家庭，父母之間的嘈雜佔據了所有的精神生活，這也是魚在大學生活當中得不到父母關心的最主要原因。

事實上，不同於運動萬能的姐姐，魚一直都嚮往能成為一位作家或漫畫家，藝文類的科系從來就是他的志向，但在母親的威逼與父親的沉默中，他不得已走上被安排好的水大資工之路。

「老爸你說你是不一樣的，那我問你。」一魚咬了咬牙，艱辛地擠出一句詰問：「如果我要重考中文系，你有什麼意見嗎？」

「是嗎？」余祿的臉上意外地揚起了微笑，「那麼，爸爸會支持你。」

「那你為什麼在我念高三那年不說？」

余祿短暫泛現的笑容很快便失了蹤影，因為他也明白，這是自己不願和路昭妍溝通所造成的結果。

夫妻的不睦，對兒女輩的影響竟是如此劇烈，他從來不知道。余祿望著眼前態度堅定的魚，微微低下了頭。

「爸爸跟你對不起。」

意料之外的反應，讓正待說些什麼的魚登時語塞。

「這一次，爸爸會身體力行，支持你的決定。也許家裡會變得更吵……但最少，阿秋你就試試看吧。」

余祿站起身來拍了拍魚的肩膀，隨後頭也不回地走出了房間。

魚默默端起已經冷透的便當，隨便吃了一口，食之無味，棄之可惜。

這個帶刺的家，什麼時候真能成為一個避風港呢？魚一面想著，一面在外頭逐漸激烈的爭吵聲當中，慢吞吞地吃完了孤單的晚餐。

他塞上耳機，放出《聖泉傳說》的主城音樂，想像著自己仍在那虛幻的世界裡與貓一起冒險著，爾後緩緩墜入夢鄉。

八、絕佳的理由

一覺醒來之後，魚甚至有自己仍然在上高中的錯覺。

從前沒有玩網路遊戲的習慣，他的作息堪稱十分正常，通常在晚間十一點左右就寢、早上六點鐘起來趕校車，是魚在高中時代的生活步調。

由於母親的堅持，他們買下位於當年是郊區，現在也不算特別靠近市中心的房子。因為這個緣故，合申市一等一的名校——合申第一高級中學，距離魚的家有長達二十五分鐘的車程。

而這樣的距離，並非騎單車可以簡單到達的地方。余晨馨離家念大學的那些年，魚總是獨自一人在五點五十分的鬧鐘當中醒來。

獨自洗臉刷牙、獨自準備早餐，然後獨自換好制服，趕上六點五十分的校車，爾後在早上七點二十五分左右到達學校，參加朝會以及迎接晨間的小考。

余祿是公務員，通常八點到達機關就可以了。路昭妍在大學任教，視乎課堂，她甚至會睡得更晚。如果太早把她吵醒，熬夜做研究、寫論文的她還可能因此發一頓脾氣。

想到這裡，魚不禁流露出一抹苦笑——因為路昭妍經常日夜顛倒的關係，夫妻兩人的作息相差太遠，打從有記憶以來，爸媽分房睡早已是看習慣的常態了。

魚推開門，前往老家附近的「任意門」便利超商尋找今天的第一頓早餐。

本應是故鄉附近的店家，對現在的魚而言，那間任意門卻只是不熟悉的店面，有著不熟悉的人。

他不自覺拿起了手機，在LINK上點開貓的聊天視窗，敲下「早安」兩個字。

沒想到，這個訊息旁立刻顯示「已讀」。

「早安，魚！」看來十分有精神的措詞，以及可愛的貼圖，魚不禁笑了笑，他知道這是「網路上的貓」。

「這裡是在老家的魚。」他回應道：「貓怎麼起這麼早，小心睡眠不足喔。」

「沒關係，這幾天你沒有上線，所以我也沒怎麼玩遊戲。」貓一面說，一面還附上幾個調皮搗蛋的表情符號，「好像很久沒有睡得這麼飽了。」

「貓，我想跟妳商量一下。」魚吞了一口口水，危顫顫地寫道：「其實……我可能就算是開始讀重考以後，還是希望每天晚上可以有點時間，玩一下遊戲。」

「喔？挺好的不是嗎，可以作為調劑。」貓很快地回覆道，絲毫不知道此刻的魚心裡可是碰碰地跳。

因為他在聊天欄位上打著：「如果太長時間沒有見到妳，我可能會寂寞致死。」，但這段話他遲遲不敢按下「送出」。

就在此時，貓又送出了下一段話：「你上來的話我也比較開心，不然我都有點不想開遊戲了。」

「為什麼？」魚急忙刪掉他原本想打的「微表白」，擔心地問道。

「讚星最近態度有點怪，他一直有意無意地黏著我，甚至還特別為了陪我練功，買了超貴的課金道具『技能重置捲』把自己的驅魔系技能統統洗掉，轉成讚美祭司。但你知道，從前都是你陪著我，事到如今，我也不想再綁定別人啦……」

看著LINK上面侃侃而談的貓，魚的背脊流下一道道冷汗。

所謂近水樓台先得月，說到底，如果自己真的為了負起所謂的「責任」，而決定暫時遠離《聖泉傳說》，會不會事情就像是紅葉當時在水岸大學所說的一樣？

讚星正準備伺機告白，而自己什麼也做不到？

但回頭想想，自己現在只不過是個即將面對重考的小魯蛇，又有什麼資格……

忽然間，貓所說的那句話又再度截斷魚的思緒。

我會等你。

魚抿了抿嘴唇，在螢幕上飛速地敲起字來：「其實我今天起這麼早，是準備搭公車去合申市的補習街報名重考班，獲得有系統的教材和課程，才可以安心準備重考。另外——雖然我本來念資工，但我已經想好了要改考文組。」

「喔喔？這樣魚也要變成我的同伴了。」貓點了個笑逐顏開的貼圖，「我在師道大學攻讀語文教學系，魚準備要考什麼科系呢？」

「中文系。」雖然只是三個字，但魚敲下這段回覆的手卻是顫抖不已。

畢竟這是一個天大的挑戰。

過去在母親路昭妍的強烈要求之下，高中時毫無抵抗地選了理組，也導致他在求學當中感受不到半點求知的熱情。

他不但將三年的時間葬送在完全沒有興趣的學門當中，更是對文組的科目缺乏訓練。但如今，魚心心念念著姐姐留給他的紙條，要他別做違心之選。

沒有多大的忐忑，全賴貓有精神的回覆：「太好了，這樣以後我們也許還可以討論功課呢！」貓開心的感覺簡直能夠透過螢幕傳遞過來，讓魚忐忑的心多多少少得到了一些勇氣。

「謝謝呀，貓。還有……晚上見。」

「好呀，魚！我們久違地，在遊戲上見吧！」

關掉了LINK，魚按照預定的行程前往需木補習班，向櫃檯的行政人員簡短地說明來意之後，他掏出自己存的零用錢，繳付了學費。

補習班的導師毫不意外地，極力勸說魚不要放棄自然組。畢竟，只花三個月的時間準備高中三年的文組學科，在她的眼中看來，是個鋌而走險的決定。

「我不諱言講，頂多讓你運氣好，考上個三流的學校。要知道文組科目的準備方式，和自然組的理解方式並不全然相同……但既然你態度這麼堅定，我也不會阻止你浪費時間就是了。」

她看到魚的表情木然得就像是一條已經完全曬乾的柴魚，也不打算再多說些什麼。

前往倉庫領取所需的課本與教材之後，沉甸甸的書包讓魚想起從前在合申第一高中的求學日子。在升學主義學校求學的高中生，他們的書包裡絕對不會只有課本，由老師精心準備的補充教材，以及在校外書局買得到的各種講義、自修，能塞爆那顆小小的書包。

為了補習，魚特別從房間裡面翻出來的合申一中紀念書包，如今裝滿了國文、英文、數學乙、地理、歷史等科目的課本與講義，幾乎快要撐破，揹在身上更顯得格外笨重。

他艱難地走進不論氣味或裝潢都顯得十分破舊的教室，由一排排無法移動的金屬長桌椅構成的階梯式教室，密密麻麻地擠滿了學生。時值自習時間，一百位學生、一百雙眼睛無不紛紛向魚行了注目禮。

教室雖然並不算小，但擠入一百位學生之後，卻也不寬敞。被這麼大一群人盯著看，就算是總能夠和別人友善交流的魚，也不免要被看得心底發寒。

「都已經二月了，才來加入重考班？」

「這人沒搞錯吧，上學期快結束，才來重考？」

「合申一中的紀念書包欸，高材生來重考班交朋友的？」

諸多出於好奇，雖然沒有惡意卻滿滿焦躁感的耳語，陸續鑽進了魚的耳裡。不愛社交，通常總在觀察周遭人群的他，掃視過教室一輪後，很快發現這裡的重考生早在數個月時間裡組成了一個個小圈圈。

這個重考班有著不可更換座位的制度，雖然一個程度上限定了能夠熟識的同學，讓大家盡量專注在學習上，但儘管如此，那少數可以認識的同儕還是能夠對魚的學習產生影響。

魚作為一個自我要求非常高的學生，非常明白同儕也分很多種。有的人來重考就像來交朋友似的，他們對於考上哪一所大學並沒有特別的企圖，幹勁自然也會不一樣。

但魚可不同，他現在有「回到貓所在的城市」這樣一個不純的動機，而且還限定必須要考上國立大學。

會讓自己陷入如此無可逃避的挑戰裡，最主要的原因，就是想給自己一個向成績優秀的貓告白的理由。

因此在重考班裡的第一個相遇，肯定會讓魚的補習生活有著全然不同的風貌。他仔細望著教室，有個最為光輝燦爛的角落，是一群看來時髦的男女，簇擁著一位看來神情開朗、施以淡妝的黑髮女孩。她似乎也注意到魚的視線，微笑著拍了拍她身後的空位。

但魚所找的可不是這種相遇。

他眼神游移，往教室看起來較為冷清的角落望去。有一個看起來特別寂寞的座位，正合魚的意思——左邊是牆壁，後方是柱子，右邊是一位剃了光頭、看來年紀略長的男學生，前方則有一位神情苦惱的高個子男孩。

「老師，我想要選那個位子。」

魚堅定地指了指那個角落，不僅是老師面露驚訝，包含那位萬人迷女孩在內的所有學生，再一次引起小小的騷動。

「這奇怪的人是真的怪，什麼不好選，偏要選『背後靈』旁邊的位子！」

「左邊是牆壁，後面是柱子，這人莫非很孤僻？」

「女神賴有媛都跟他招手讓他坐後面的位子了欸，這白痴居然不選？乾脆我過去好了——」

越來越嘈雜的氣音悄悄話，在密閉的室內空間裡形成嗡嗡嗡的轟鳴聲。只見導師不耐地拍了拍手：「好啦，都別吵了。我們歡迎新同學余韜秋，希望大家都可以好好相處，繼續自習！」

魚擠過密密麻麻的人群，來到最邊緣的角落後，鄰桌同學很快地向他打了招呼。

「余同學嗎？我叫蕭真漢，請問你相信靈修嗎？」

如同游絲一般的嗓音、誠懇卻虛幻的話題，魚馬上明白為什麼旁邊這位同學，會被稱作背後靈了。

由於是第一天上課，魚簡單與大家上過自習，以及第一堂國文課之後，便先下課回家。

事實上，每天只需要攜帶當天課程用得上的課本，這麼一來塞滿整個背包的講義與課本就成了累贅。提早回家一趟有其必要，對魚而言也有其他的目的在。

畢竟已經和貓約好在線上見，無論如何也不想要令她失望。

猶如從前學生時期一般，在廚房裡準備好簡單的晚餐，魚自己卻沒想過要先吃，只是將飯菜放在保溫箱裡，便匆匆忙忙進了房間。

抱著這樣的心情，魚取出了姐姐為他偷偷準備的筆記型電腦。喝著三合一咖啡，在父母都還沒回來的昏暗臥室裡，電腦螢幕上除了基本的幾個圖示之外，便只有一個已經安裝好《聖泉傳說》的遊戲捷徑圖示，及一個純文字文件，被命名為「給笨弟.txt」

「笨弟如果有看到這封信的話，就表示你有聽姐姐的話。

首先恭喜你勇敢地對現況做出了反抗！

你一定會在心裡想說：『姐姐還不是聽老媽的話，放棄了武術，去念安排好的大學？』

你有這麼想對吧！哼哼哼，勸你最好是不要太小看你老姐喔。

反抗吧笨弟，不要讓願望沉睡，不要讓心愛的人從身邊溜走喔。

就算再怎麼看來沒有溫暖的家，別擔心，你是人生勝利組啦。

要說為什麼的話，因為你有個全世界最棒的姐姐。

有時候我真的很羨慕你欸，因為你有個全世界最棒的姐姐。

呵呵呵呵呵呵呵。

P.S. 記得鎖門。」

越過幾句看起來十分欠打的自吹自擂，看到最後一行，魚才想起自己好像不知不覺當中又遵守了家裡面規定的其中一條規矩：不准鎖門，那樣子是把家人拒於門外。

儘管根本還沒有人回家，他還是慌忙起身，將臥室門給反鎖了起來。因為即使父親會敲門才入內，母親卻從來不這麼做。

捂著胸口，感受著心臟的搏動。魚不禁懷疑，他何曾想過，有姐姐是這麼好的事？

回想起那個老是拿自己試招，把老弟貼在牆壁上的怪咖，這個姐姐明明就是既強又詭異，還優秀得令人害怕。

從沒考過試，僅靠推薦甄試，就保送理想學府的姐姐，總是表現得無懈可擊。

這樣的姐姐也遵循了母親規定的道路，事到如今她又做過怎樣的反抗呢？

魚一時之間也猜不透，但唯一可以確定的是，他看著這封「信」的時候，面上的的確確帶著微笑。

他重新坐到桌前，點擊《聖泉傳說》的圖示，熟悉的啟動畫面在配有高階顯卡的筆電上跑起來毫無滯礙，經過短暫的更新之後，「吸貓的秋刀魚」睽違月餘，再度躍然於螢幕之上。

一進入遊戲，公會頻道上排山倒海的問候立刻湧進魚的聊天視窗。

「哇，久到都快忘記你長什麼樣了啊，魚！」女魔導士祈祈刷了整整一排的開心符號說道。

「魚你弄完期末了？這麼早？」同樣是大學生的紅麻糬疑惑地問道。

「歡迎回來。」總是十分沉穩的金色秤子依然不改老大哥的性格，簡短地給予了問候。

一如往常的公會成員，一如從前的問候。魚不禁鼻頭一酸，比起看見自家的大門，竟是「零分海賊團」的氛圍更加令他感到近鄉情怯。

然而有一段時間沒玩了，關於人物的操作，魚還是感覺到有些生疏。重新確認過快捷鍵的位置，好不容易才抓回手感。

仔細確認過周遭，這才想起最後一次下線的地方，也是在城北運河的小船上。

果不其然，貓的拳鬥士也在熟悉的位置上，但她看起來卻有些安靜。再定睛一看，盛讚星屑似乎也與自己站在同一艘船上。

突然間，有一種些微不快的悶堵感襲上魚的心頭。

密語頻道上有貓傳來的歡迎，但相較於從前的歡快與吵鬧，此刻的貓卻顯得過分安靜了些。

「唷，魚啊，你回來啦。」盛讚星屑在公開頻道用一如往常、不即不離的口吻說道：「我會打擾到你們嗎？」

魚登時有些語塞。

畢竟紅葉曾經說過，讚星是打算要在魚不在的這段時間對貓展開突襲告白的。然而死心眼的自己，當下並沒有立刻採取行動，在LINK上也不曾向貓問起，等同對現況一無所知。

只知道讚星似乎用心程度非比尋常，而究竟現在他們進展到什麼地步呢？這個時候，他的心底才開始覺得有些慌。

密語傳來貓的對話：「找個理由，我們去別的地方吧。」

「讚星，魚他落下滿久的進度沒有練功，改版之後也因為專心準備期末，沒辦法上來逛新地圖……我想帶魚去新地圖練一下喔。」

盛讚星屑點了個鼓掌的表情，說道：「沒問題啊，我也一起去吧。有兩個高階的讚美祭司，妳應該會更安心吧？」

「讚星不好意思。」魚生硬地用自己的指尖，表現出拒絕的力道，「畢竟貓的知交是我，稍微給我們一點空間好嗎？」

有好一段時間，盛讚星屑的人物沒再有什麼反應，就如同是斷線了一樣。隨後一句話也沒說的，隨著一陣「傳送術」的光芒閃現，他的身影也從運河上的小船消失無蹤。

公會頻道上遲了幾分鐘的時間，才傳來了盛讚星屑的訊息：「歡迎你回來啊，魚。」

然而此刻，魚卻也感覺得到這句話當中蘊含著令人不寒而慄的尖刺。

和貓前往新開放的「暗夜高原」，魔物幾乎都有闇屬性或死靈屬性，魚身為讚美祭司，甚至能夠使用光屬性的祝福魔法對此處的魔物造成傷害，一個人在這個新區域存活、練等說不定完全不是問題。

貓雖然有先探過這張地圖，但正如她所承諾的——她會等，因此等級仍然和很久沒上線的魚一樣。

兩人在暗夜高原漫步，尋找合適的練功地點，確定隔日的行程之後，便找了一處沒怪的地方暫事歇息。

「畢竟明天還要上補習班，所以沒辦法練太晚。」兩人的人物在暗夜高原的懸崖邊，紫色的邪月高掛空中，妖豔得令人驚嘆。

「沒關係，我們像從前的步調一樣就好，我喜歡這樣。」貓的拳鬥士雙腿懸空在崖壁上，不時還會不安分地踢兩下，十分可愛的小動作讓魚看得入迷。

「對了，就像我之前在LINK上說的一樣，這次我報了文組的補習班，目標是國立大學中文系。」

貓的人物頭上冒出了一個讚讚讚的表情符號。

「從資工跳中文，這個決定可不簡單呢！」

只是「不簡單」而已嗎？魚在螢幕前露出苦笑，「我還以為妳也會覺得我莽撞，補習班的班導當場可是想要拒絕我的申請。」

回想起來，那位導師事實上也是非常關心學生的吧，否則一般的補習班只需要有錢賺就好了，又怎麼會在乎半路才來報名的學生上榜率呢？

「不會啊，魚一向都很聰明，我認為你能下這麼不簡單的決定，肯定已經明白自己真正要的是什麼了吧。」

「嗯……可以這麼說吧。」

打完這行字，眼角的餘光瞄到時間已經是晚上十點。按照從前的往例，魚的父母如果在晚餐時間附近沒有現身，那麼此刻就是他們準備回到家的時候。

「今天先在這裡下線吧，準備要去洗洗睡了，晚安貓。」

「晚安！」

看她的拳鬥士手舞足蹈的樣子，魚感到心底暖洋洋的。關閉遊戲之後，魚將筆記型電腦妥善藏好，隨即獨自一人在空蕩蕩的家中淋浴。

擦乾了身體，穿好了衣服，當魚再度推門進入自己房間的時候，卻看到母親路昭妍正陰著一張臉坐在自己的桌前。

「媽有什麼事嗎？」魚冷淡地說道。

「還有什麼事。」路昭妍的口氣裡有著顯而易見的焦慮，「就是你退學的事情，昨天爸媽商量完之後，你已經睡了，所以來不及談。你爸爸說你決定要重考中文系，是真的嗎？」

「妳管那個叫『商量』？」魚搖了搖頭，面無表情地吁了口氣，「我只有聽到妳們兩個人在大吵的聲音而已，那不叫商量，叫做爭執、吵架、互不相讓。」

路昭妍的面孔很快便皺了起來。

「你去外地念大學，第一個學會的就是這樣子跟媽媽說話嗎？」

魚冷冷地望了她一眼，隨即往衣櫥走去，取出浴巾專用的大衣架，靜靜地整理著。

「回答。」路昭妍的聲音逐漸大了起來，「為什麼要報中文系？你爸爸就是中文系畢業才會沒出息成這個樣子，還說什麼『文人應有的氣度』，整天奉他媽媽為老佛爺一樣，言必稱母親如何不便，要我多陪陪她老人家，說那是為人子女應有的孝道。什麼孝道？我看是戀母情結吧！我沒有自己的事情嗎？我這個年紀就拚到這樣的頭銜，要的就是一點尊重而已，可是你爸爸——」

「說完了嗎？」魚冷淡的眼神沒有絲毫改變，「我等一下就要睡了，明天還要去上課，可以請妳停止了嗎？」

「你那是什麼態度！」

路昭妍的音量終於開始來到尖叫的領域，而這樣的音調，也才讓魚微微皺起了眉頭。

「你以前是非常聽話的，一個成績優秀、不需要擔心的小孩，為什麼去水岸大學待了一年半，就能弄成這樣？你告訴我，是誰把你帶壞的！」

「……沒人把我帶壞。」魚的語調當中也開始漫上了不耐，「無論退學，還是報考文組重考，都是我慎重思考之後的決定。」

「馬上給我改成理組。」

路昭妍的口氣堅定無比，但魚的態度更是堅決。

「請妳出去，這是我的房間，我已經是成年人了，能為自己的行為負責。」

「你能負責什麼？你已經搞砸了自己的生活、浪費了時間！媽是過來人，文組的職場多麼險惡，我作為真中大學史上最年輕的教授，付出了多少代價你知道嗎？你什麼都不懂，就不要假裝自己已經是大人了！」

魚望著每回答一句話，就能壓過來一串話的母親，那氣喘吁吁、臉紅脖子粗的模樣，在眼中變得越來越模糊。

那融入黑暗房間的輪廓一點都不像人類，而是某種幽深的、晦暗無明的存在，令人煩悶、發怒、喉頭緊縮且胸膛滾燙。

「……出去。」

「你說什麼？你回答媽，你到底要不要……」

「滾——出——去——！」

有生以來頭一遭，魚扯開喉嚨豁盡全力吼了出來，就連窗子玻璃都為之震動。

鄰居家裡的狗被嚇得狂吠，而路昭妍則在短暫地沉默之後流下眼淚，起身走出房間。

魚也不想管她，甩上房門鎖了起來，頭髮依然濕潤，思緒依舊混亂著，在如此罕見的情緒風暴之中，魚將自己悶在棉被裡，圖得一時的安穩。

「我的生命歷程，由我決定……」一面這麼喃喃自語著，魚在疲憊裡任意識下沉，墜入安穩的夢鄉。

魚一直都覺得自己是沉得住氣的人，面對任何一個理智線會斷裂的場合，他總能彷彿事不關己一樣，從事件的邊緣溜過，優雅地全身而退。

但唯獨只有在自己的家裡，他做不到。

印象中，從前他的父親便不太與母親爭辯，余祿的氣質確實如同他的專長「中文系」一般，是一位文人雅士，即便爭執非常激烈，他卻從來不曾見過父親大聲怒吼，或者是表現出任何不夠溫文的一面。

印象當中的吵架聲，父親的聲音渾厚且低沉，而母親的聲音則高亢近乎尖叫。

兩者都是學文的人，魚也不甚明白究竟為什麼會有這樣的差別。

「唉……」

在重考班的課堂上，這已經是不知道第幾次嘆氣了，在一旁才剛剛認識不久的蕭真漢似乎是出於關心，輕聲問道：「阿秋，你怎麼啦？」

「和家人大吵一架了，你知道，畢竟我是被退學的。」魚苦笑著說。

「嗯……家人不支持嗎？我可以明白的。」蕭真漢微笑著點了點頭，「畢竟我也是和家人對著幹，依照自己的想法決定重考的。」

聽見真漢完全依照自己的意志行事，魚不禁起了一絲敬佩，「說起來，你為什麼想要重考呢？」

「你聽過一位偉大的人嗎？」蕭真漢用氣音說道，隨即從自己的背包當中取出一本書，推到了魚的面前。

書名叫做《靈界見聞》，看起來就有點不妙。

「這本書的作者叫做『魯修』，是這個世界上唯一一個真正去過靈界又回來的人。」因為感受到老師的視線，蕭真漢改以書寫的方式，在筆記本上和魚悄悄地交換著意見，「他寫了一系列的靈修方法，透過這些法門，我們有機會接近世界的本質。」

「你相信這是真的？」魚皺著眉頭回覆道：「這太虛玄了，不過這和你決定重考有什麼關係呢？」

「我之前念真中大學歷史系，那有一位老師，叫做路昭妍。據說是最年輕又最權威的當代歷史系學者，年紀很輕就拿到教授的職位。」

從別人的口中聽見自己母親的名字，魚不禁想起昨天的事，但他暫時決定裝傻到底，只是苦笑著望著熱心解釋的蕭真漢。

「我從前跟著這本書中的見聞學習靈修，發現思緒和腦袋都變得清楚不少，於是我不禁想——這個世界的真相到底是什麼呢？如果靈界真的存在，為什麼沒有留下隻字片語，非得要有人不小心去逛一遍才曝光？」

魚看到這裡，只得向蕭真漢聳聳肩，表示他也不知道。

「不瞞你說，我之前選歷史系，是因為我對『這個世界的真相』很有興趣，我認為只要學習歷史，就能夠越接近真相。」

「歷史是充滿倖存者偏差的東西。」魚不經意地脫口而出，「那是在歷史事件當中留存下來的被篩選者紀錄，存在很多偏見與修飾，是一種不全然反映出當代真實的『部分真相』……」

蕭真漢看著魚寫在筆記本上的意見，瞪大了眼睛望向他，用氣音說道：『哇……你說的跟路教授跟我講的一樣，總之就是因為這樣吧，我忽然覺得這個科系根本對我的目標毫無幫助，升大三的時候便毅然決定重考哲學系。」

魚望著眼中熠熠生輝的蕭真漢，對於這樣一個為了目標全力以赴的同儕肅然起敬。

雖然說把某個虛玄的世界當成前進的理由，聽起來實在有些奇怪，但比起從前沒有自己想法的魚，這位總是溫柔笑著的男生卻似乎顯得堅強許多。

「阿秋你也有什麼目標嗎？」

「我嗎？我的話……」魚左思右想，吞吞吐吐地說：「我想考上國立大學，追一位喜歡的女生，她念國立師道大學，大概成績超好的……」

蕭真漢那雙總是像得道高僧一般微闔的雙眼，彷彿忽然放出光芒。

「戀愛！超棒的理由啊。」

「咦？真、真的嗎？」被他這麼肯定，魚反而有點不好意思。

「當然是真的，目標越具體，你的動力就會越強喔，一起加油吧！」

突然間，前面座位的同學傳來了一張紙條。魚一臉狐疑地展開來看，上面竟然是台上正在授課的國文老師傳來的話。

「我上課很無聊嗎？你們要是再聊，等一下就到講台上來聊。」

魚和真漢看了一眼，吐了吐舌頭，重新把視線放回老師的臉上。

「一起加油。」筆記本的一角，魚也悄悄寫道。

從補習班下課之後，魚獨自吃過晚餐，小心地從櫥櫃裡拿出充滿電的筆記型電腦，打開《聖泉傳說》與貓一起在新世界遊歷。

雖說兩人已經交換過LINK，但在遊戲上和LINK上，兩人的感覺都有些差別。不願意捨棄初次邂逅的感受，魚還是覺得與貓在《聖泉傳說》裡的互動最為自在。

看貓在前鋒左衝右突，把怪拉好以後一口氣殲滅的爽快感，魚很難想像她在現實當中是個瀏海放低低、說話十分理智，彬彬有禮又有些羞怯的女孩。

那一雙湛藍色，閃爍著異彩的眼睛，是明明漂亮得讓人窒息，卻讓女孩從小遭受同儕霸凌的眼睛。所謂物以類聚、人以群分，年紀越小的孩子，越容易對與自己不同的個體產生戒心。這是生物本能，也是可悲的人類習性。

回想起來，自己因為從小表現成績優異，與自己交流的同儕，也總是侷限在學業互動，可以說真正交心的朋友，當真一個也沒有。

在餐桌對面的貓，那雙眼睛是不是平常總是羞於被他人看見？

也就是說，那清澈透藍的精緻眼眸，是只屬於自己的美景嗎？

好想要霸佔這個專屬於自己的美麗。

「呃啊！」

正當千頭萬緒時，畫面上傳來人物的慘叫聲。原來不知道什麼時候貓的血條已經歸零，自己也在發呆中被魔物輾過。

「啊啊對不起，我剛剛在發呆……」一陣胡思亂想，導致兩人雙雙躺平，是作為讚美祭司最典型的失職。

「哈，不要緊啦，我也曾經在練功的時候打到睡著過，哈哈哈哈——」

雖然因為人物躺平，無法任何動作，但貓招牌的哈哈大笑卻好像仍躍然於螢幕上。

「反正都躺了，乾脆趁這個機會聊聊天吧。」貓在隊伍頻道說道：「補習班還好嗎？」

「還可以。人數很多，一百多人的超大教室。」魚回應著貓的關心，「我刻意選了一個左邊是牆壁，後面是柱子，右邊是怪咖的邊緣人座位，可以好好用心讀書。這一次我一定要考一間自己理想的國立大學……」

魚滔滔不絕地說著這陣子在補習班的際遇，那裡有萬人迷的人氣女王賴有媛，還有像蕭真漢這樣，無論上課還是下課時間都瀰漫著奇妙氣場的同學。

貓一直靜靜的，直到魚回過神來，才發現組隊頻道上滿滿都是自己的話。

「啊……抱歉，這樣看起來像好像都是我在說，對不起。」

「不要緊啊。」貓一面說，還加上一排笑臉符號，「從前你還在水岸大學的時候，反而很少聽你說這麼多日常生活的事情呢。魚你在重考班的生活，應該比較快樂吧。」

是這樣嗎？魚在心中想道。

確實比起從前，自己更有目標，也更加對未來的大學生活感到好奇。這一點，在從前接受母親的安排，選擇水岸大學資工系作為推薦甄試第一志願時，是無法體驗到的。

單單只是順從自己的心願，那些年被當成壓力的學業問題，也能變成如此滿懷希望的願景。

「貓，其實我在重考班的同學對我說過——目標越明確，動力就越強大，所以我也想要更加確定自己的那份希望。」

「你有一位好同學呢！」貓的標點符號與用詞，看起來是真的為魚感到開心，「那你現在的動力是什麼呢？」

被貓這麼一問，魚反而有一點膽怯了。但他在桌前沉吟了一陣，還是人著膽子敲起了鍵盤：「其實我對他說，我這次重考的目的，是想要考上國立大學，和一位同樣念國立大學的女孩子……。」

敲完這段話送出之後，魚安靜了半晌，沒見貓回話。儘管胸口的心跳聲大如擂鼓，他還是繼續說了：「妳還記得當時說過，會等我回來吧？其實我也不知道妳的意思是說等我回到遊戲裡見面，還是回到合北市，回到我們曾遇見的生活圈裡。所以說……我要說什麼呢？總之……就是……」

再度送出這段訊息，貓還是安安靜靜地沒有回話。

兩人的角色躺在「永夜高原」的地板上，時間就像靜止了一般。

心中的搔疼感催促著魚，他繼續敲打道：「就是，如果我順利考上合北市的國立大學，我就要正式對妳表白。」

「呆子。」

咦？貓回答得好快？魚才剛剛送出上面那段話，貓的訊息就接著出現了。

「笨蛋。」

「傻瓜。」

「呆瓜。」

「傻蛋。」

魚可緊張了，趕緊問道：「咦咦咦？為什麼啦ＱＱ」

「你自己回頭看一遍剛剛說的話，然後再想想為什麼。晚安——」

貓自顧自地說完之後，保持血條歸零的人物倒地狀態下了線。魚趕忙將對話往回捲，重新再看過一遍之後，滿臉通紅地趴在桌前。

畢竟剛剛一頭熱地打了這麼長的訊息，但回頭看起來，這跟已經告白了好像沒什麼兩樣吧。

「我是呆子笨蛋傻瓜呆瓜兼傻蛋啊——」魚倒在自己的床上，用被子悶著頭不住地打滾，「糟糕啦，遜到家了，這跟簡訊告白有什麼差啦……雷慘了。」

九、男人之間的決鬥

結束了兩天的例假日，魚收拾好書包，整理了今天在重考班需要用上的書籍之後，在大門口打開了鞋櫃準備要出門。

「小秋，你要出門了？」

抬頭一看，是最近看來極力維持和善神情，實則已然十分疏遠的母親路昭妍，正向自己搭話。

「嗯，沒什麼事的話，我要走了，不然會遲到。」

眼光停留在母親的身上恐怕沒有一秒鐘，他自己也能感受得到，自己嘴角抿得死緊，僵硬的聲音說明了心中的不耐。

「也、也沒有什麼重要的事情，就是想問，補習的費用要不要媽媽出？」

「不用，我自己有理財，你們給的零用錢我也沒怎麼花。我自己的事情，我自己會處理，掰。」

「啊……」

眼見魚頭也不回地離開大門，路昭妍伸出的手在半空中似乎想要抓住什麼，但隨著電梯門硬生生關起，她握在手裡的關懷，好像也跟著消失殆盡。

「妳不知道吧，小秋那天回來的時候，是怎麼對我說的？」身後傳來余祿的聲音，平淡的語調，有著如同泥沼一般濃稠的情緒，「他說，『你們平常光是吵架就夠忙了吧。』路昭妍，這是我們兩人種下的因，今日他與我們的距離，只是理所當然的苦果。」

「你意思是說都是我的錯嗎？」將大門甩上，路昭妍忿忿地回頭。

「不要甩門，會影響到鄰居。」余祿靜靜地皺起了眉頭，「我沒有想要跟妳吵，我想表達的是——我們兩人都有錯，是一對失敗的父母，也是失敗的夫妻。這些年來，我真的不知道為什麼所有的對話都必須要演變成吵架，這對小孩子而言確實是一種傷害，不是嗎？」

「這是我願意的嗎！」路昭妍大聲說道：「你以為學術界好混啊，歷史系的老學者影響力有多大，我爬到這個位置究竟付出了多少努力，你們清楚嗎？這叫做站著說話不腰疼，沒有人理解我有多痛苦！你們甚至沒有一個人試著想要瞭解我！」

望著忽然扯開嗓門的路昭妍，余祿的眉間堆起了早已讓她看膩的皺褶，那是爭執的起手勢，兩人之間的爭端往往都在如此輕易的失控當中展開。

「說實話，儘管隔行如隔山，我們都絕對知道妳很辛苦，妳知道為什麼嗎？」余祿悶堵的嗓音裡，透露出屬於文人的不耐，「因為從妳到國立真中大學出任教職至今，幾年下來，我們每年都在吵架的時候聽妳說這一句。十年過去了，小孩子都上大學、上研究所了，妳還是說得自己一口的辛苦。所以不要說是我，小秋、小馨應該也不遑多讓吧，試問這個家裡，誰不知道妳辛苦呢？」

一個髒字都沒有，但路昭妍可不是笨蛋，這話裡頭說得有多酸，仍是聽得出來的。

「余祿，你到底為什麼要這樣對我，從前我們在國家圖書館認識的時候……小馨和小秋出生的時候，你根本不是這樣子的，究竟是為什麼！」

然而余祿只是淡淡笑了笑，那嘴角苦澀的弧度只是一閃而逝。他默默跨出大門，穿皮鞋的身影竟有點像是剛剛離開不久的余韜秋。該說是有其父必有其子嗎？父子兩人，特別是懶得做出任何辯解的那個安靜背影，竟能夠如此相似。

面對兒子的沉默，路昭妍只有遺憾。然而面對自己先生的沉默，她卻有著滿腔不得不發的怒火。適逢上班時間，莫說是她們倆，公寓大樓裡的其他住戶也準備好要出門，如果此刻發作的話，必然又要搞得整個社區人盡皆知。愛面子的路昭妍緊咬下唇，面對余祿的沉默，她的怒氣也終究只能隱忍下來。

電梯接連送走了兒子與丈夫，路昭妍被屋內徒留的孤單所包圍，不由得嘆了口氣。

「是我願意的嗎……」低下頭擦去眼角滲出的幾滴淚水，路昭妍重新整頓好自己的儀容，跨出了大門，在她的心中下了一個新的決定，儘管她知道這也許會進一步毀壞她與兒子之間的關係，但深信為了兒子好，仍是義無反顧。

「為了『正確』的路，我一定要這麼做。」路昭妍喃喃地說：「對，這是必要的，時間終究會證明我是對的。」

「貓今天過得好嗎？」

雖然知道平常貓在上課和上班時間幾乎不看LINK，魚還是習慣性地會留下訊息給她。

「今天補習班的冷氣開得有些冷，也許妳會覺得有點奇怪，明明是春天而已為什麼需要開冷氣呢？但也沒辦法，這裡畢竟是塞了超過一百個人的大集中營嘛。」

重考班的課程安排非常緊湊，在每天的課餘時間更會安排強迫參與的自修。老師們沒在講台上授課的時間，不容許有絲毫鬆懈的重考生們會集中在特定的教室裡讀書。

每天包含上課時間在內，密集的學習活動佔據了絕大多數生活風景，魚在如此高壓的環境之下塑造著從前不曾堆疊過的知識體系，心中卻感到無比興奮。

「從理組轉文組確實辛苦，世界史、地理原來比我從前想的還要難記，是個全新的挑戰。幸好國文我很擅長，算是不幸中的大幸吧。妳今天上課、工作也加油喔，我也會努力。」

訊息打到一半，上頭的文字已經有了「已讀」，隨即從貓那裡傳來了一張大笑的貼圖，眼見此景，魚也不禁會心一笑。

就在這時，忽然有女孩的聲音從魚的後方，越過肩頭鑽進了他的耳裡，「你的笑容其實還不錯呢。」

現在是自修課開始之前的短暫晚餐時間，補習班當中首屈一指的女神賴有媛不知為什麼來向魚搭了話。

先天對這種突如其來的善意感到警戒的魚，見到來者是平常沒有交集的「大明星」，那本來滿滿堆在臉上的自然笑容旋即煙消雲散。

「賴同學，找我有什麼事嗎？」

「又變回那種虛偽的笑臉……」賴有媛撥了撥她那黑而深邃的長髮，屬於健康女孩的香氣卻令魚感受到少許的煩躁，「真漢呢？你們兩個班上的超級優等生兼怪咖，不是每天都黏在一起嗎？」

雖然是因為魚有意和班上公認的怪胎蕭真漢保持友誼關係，藉由他的奇怪氣場來排除不必要的朋友關係，但會被認為是死黨，還真是始料未及的事。

「我不知道耶，真漢他平常晚餐都一定會吃素，我也有跟著吃了一陣子。不過今天特別想吃奈當勞，所以沒跟他一起。估計他現在還在吃晚餐吧？」

「奈當勞這種垃圾食物，跟真漢的形象確實有點不合呢。欸欸，韶秋你有聽他說過晚上吃素的原因嗎？是宗教信仰的關係嗎？」賴有媛像是發現了什麼有趣的事情一樣瞪大了眼，她眼中有著前所未見的星光，就算是心懷警戒的魚，也覺得有些耀眼。

「他的信仰嗎？嗯……」

想到蕭真漢甫見面時問他的話——你相信靈修嗎？出於天然的抗拒感，他始終沒問，蕭真漢也沒有打算繼續說下去。有關他的信仰問題，魚的心底可真沒個解答。

「好吧，看來就算是整天黏在一起的優等生集團，也不是全都知道呢。」賴有媛嘆了口氣，那好看的眉毛之間微微堆起了憂愁。

「妳為什麼想要知道真漢的事？明明妳身邊一堆人都在起鬨，說他是『背後靈』。」

禁不住好奇，魚沒能忍住，將許多人都想問出口的事情問了出口。

有半晌的時間，賴有媛只是微微張開了櫻桃般的小嘴，驚訝地望著他。在沉默之間，魚即便仍然保持著不失禮貌的笑容，卻也有些惴惴不安。

「真虧你能這麼單刀直入的問呢，本來以為你只是一個無聊的乖乖牌，其實比我想的有些膽量嘛。」

也許是這個強力的直球使然，就算是平常十分裝模作樣的賴有媛，也微微收起了身為女神的氣質。那有些強勢的回答，令魚嫌惡地想起自己的母親路昭妍，「每個人都只有一次年輕，年輕的時候，是誰都會願意冒險。你是普通又無聊的乖孩子優等生，但還是看得出來會以打量女人的眼光來審視我，說明你也是正常人。」

魚不否認，她的氣味很香、烏黑柔亮的長髮很美，有著優雅的腰肢和健康的體態。

而且胸部很大。

擅長打扮的這個女人，每天上課就像上伸展台，在眾人的高捧當中愉快地度過每一天的重考班生活，就算是魚這樣心底有貓存在的人，也多少會讓眼睛吃到冰淇淋。

但蕭真漢的氣場就真的不同了，在他的眼中到底有沒有男女老幼，說實在話，就算是刻意親近他的魚也搞不太清楚。

「冒險、追夢、挑戰。」賴有媛煞有其事地說：「像蕭真漢這樣的男人，不覺得身為女人就該攻陷一次看看嗎？」

無法理解——魚在心底如此嘀咕著，但出於禮貌，他這次忍住了，沒有說出口。

「算了，像你這種終其一生準備好被禮節和儀式綁架的人大概不會懂吧，打擾你了。」

賴有媛像一陣風暴一樣離開之後，魚總算覺得鬆了一口氣。

「世上什麼怪人都有呢……」正當他這麼想的時候，導師一臉嚴肅地朝他走了過來。

「余韜秋，有你的訪客。」她冰冷的語調裡有少許的慍怒，仔細一看，那似乎是另外一個風暴的降臨。

他的母親路昭妍，正陰著一張臉站在導師的身後。

望著導師身後的母親，魚本來極力維持的在外形象瞬間分崩離析，從一個知書達禮的乖乖牌優等生，化為一個單純憤怒與羞愧的人子。想也沒有想到她竟然會直接跑到補習班來，此時此刻，他望著一臉尷尬的導師，也不知道該說些什麼才算是得體。

「我是來跟導師取消報名的。」路昭妍微笑著說，那笑容看似達理，卻飽含了不容違抗的意思，「這個重考班不適合你，媽會給你另找正確的師資和環境。」

也顧不上所有的同學都已經回到教室，又羞又怒的魚也顧不得自修即將開始，他大聲說道：「我自己可以判斷這裡適不適合我，這裡是學習的地方，妳已經打擾到大家了，能請妳出去嗎？」

「媽可是向學校請假才有時間來的，你以為教授說請假就請假嗎？我們都不要浪費彼此的時間了，把書包收一收吧，你不適合念文組。」路昭妍臉上的笑容稍微抽動了一下，但態度上卻依然毫不退讓，「這裡也算學習的地方嗎？是一群失敗者互舔傷口的地方吧。我剛看到一個女生還花枝招展地被一群人圍著嘻嘻哈哈的，到底是來重考還是來求偶的啊？」

回到朋友群當中的賴有媛臉色登時一陣青一陣白，但面對這看來衣裝體面，又頗有社會地位的「大人」，她和周遭的朋友們雖然氣憤，卻也不知道該怎麼應對。

眼見此情，導師也明白這群未滿二十歲的高中畢業生，心中一時之間積累了不少怒火，她趕緊站到賴有媛與路昭妍之間正色說道：「這位媽媽，我也請妳不要這樣說話。在這裡的學生都是已經面對過一次挫敗的挑戰者，站在教育者的立場上，我們有義務輔助他們……」

「教育者？妳不過就是個幫補習班賺錢的人而已吧，妳也配談教育？」也許是面對同為「社會人士」的女人，路昭妍臉上的虛假笑容立刻便卸了下來，「我是國立真中大學歷史系教授，妳學歷到哪？妳怎麼跟我談教育？」

「我想是誰的聲音哪，這不是路老師嗎？」

正當眾人爭鋒相對之際，一道有些散漫的聲音穿插而過。仔細一看，走進自修教室的人正是剛剛被班上女神賴有媛探問過的人——蕭真漢。

「……你是誰？」路昭妍起先還不太確定，待他越走越近，才像是大夢初醒般說道：「呃，你這個問題學生，怎麼這麼剛好——」

「怎麼？見到因為妳的關係而退學的學生，值得這麼驚訝嗎？」蕭真漢微笑著說道：「面對連續三年歷史系書卷獎，因為妳的一席話而決定離開學校，決心重考其他科系的前學生，妳這位大教授、教育界的榮光，有什麼好吃驚的呢？」

「媽，妳竟然做過這種事？」魚望著平時在重考班裡因為興趣特殊而遭排擠，但基本品學兼優的蕭真漢，不可置信地望著路昭妍。

「那是你自己有問題好不好，成績明明這麼好，卻拼命想要找到什麼『世界的真相』，你腦筋有什麼毛病啊！」路昭妍尖聲說道：「你問我歷史系為什麼找不到真相，我告訴你事實——歷史只是人類所紀錄的『部分真相』，要你不要作這種浪費時間的事情，有什麼不對嗎？」

「妳不只說過這些吧。」蕭真漢的微笑依舊淡然，「當我說想要靠自己努力，去研究世界的本質，妳的反應是什麼？是責備，是鄙視，是疾言厲色地說——我的夢想注定要讓我從優等生變成一隻喪家之犬。」

「那可是靈修！」路昭妍的語調裡甚至都有些顫抖，「邪魔歪道的事情，我身為教育家，怎麼可能會贊同你！」

蕭真漢也不動氣，猶如一名修行者般半垂眼眉，冷靜地說道：「我是要研究這個學問，又不是要整個人獻祭給靈修。儒道神佛是社會文化的一部分，甚至某些大專院校，也設有神學院與宗教生死學系。而我現在申請休學，想要重考哲學系，透過全然不同的視角去審視這個文化現象，又有什麼不可以呢？」

他的控訴字字鏗鏘，路昭妍的言行若當真屬實，那麼她不僅僅是教育家失格，更是一位在溝通上極度不成熟的社會人士。究竟是要有多嚴重的自以為是，才能夠這麼毫無感覺的否定他人的夢想呢？

「我現在沒有時間聽你強辯，時間是很寶貴的。」這位憤怒的大人轉過身來，重新面對自己的孩子，「小秋，你東西收拾好沒，我們走吧。」

「該走的人，是妳。」魚冷冷地說。

空氣凝結在兩人之間，遲滯又陰冷，幾乎能凍出霜來。

「給我丟臉還丟得不夠嗎？路大教授，請妳出去。」魚又再說了一次，而路昭妍則是一副全然不可置信的樣子。

「出去——！」一聲大吼，窗戶再度為之震顫，就連魚自己都不敢相信他能吼得這麼響。

在短暫的沉默之後，路昭妍步伐稍微有些蹣跚地離開了自修室，魚也才終於無力地坐倒在座位上，將臉埋在雙手之間，發出無力的嘆息。

原來人是真的能氣到發抖的啊——他在心底默默想道。

由路昭妍在自修教室引起的騷動並沒有持續太久的時間，在補習班導師的強勢主導之下，討論的聲浪很快平息了下來。

自修時間一如往常的安靜，就連坐在身邊的蕭真漢，都靜得有些可怕。

想不到自己的母親竟然和蕭真漢有這樣的過往，魚望著心靜如水的同學，竟是有些放心不下。

「阿秋，你好像很介意喔？」一張紙條遞到眼前，那是蕭真漢寫來的，他也明白自修時間裡不管說什麼話都很顯眼，這裡安靜得就算掉根針在地上，都足以引發眾人側目。

「那是當然的，書都念不進去了。」魚一面苦笑，一面寫了回覆，蕭真漢的側臉流露出微笑。

「別這樣，你現在有目標的不是嗎？看看你的自習桌前面貼著什麼？」

魚往前一看，那是他在便利貼畫的一張圖，上面有一條安靜的魚、一隻活潑的貓，還有一個發著光的任意門。

旁白寫著：「往有貓的地方衝鋒前進。」

是的，自己現在有這樣的一個目標，雖然不能算是立意十分純淨的目標，卻是非常紮實且明確。

從前迷失了方向，在既定的道路上感到疲憊，卻還是逼著自己成為第一的那個魚，在重考班當中得到了前所未有的震撼教育。歷史、地理雖然難背，但徜徉在書本裡描繪的時空，心卻十分自由；英文、國文雖然釋義和生詞不容易強記，但隱藏在詞意之後的典故、英語聽寫能力的課堂上由業師所帶來的種種情境會話，無一不能為他帶來快樂。

「學習真是有趣。」從前一直只能把課業當成工作看待的魚，第一次在教科書的世界裡找到享樂的痕跡。

那些故事、遙遠的過往、不熟悉的人事物所帶來的相遇，滋潤了那個本來只依循既定道路踽踽前行的孤單學生。在這裡，曾經失敗的人聚集在一起，有些人不懂得記取教訓，有些人則像他和旁邊的蕭真漢一樣，為求學的路找到了全新的意義。

在這樣的情境之中，魚結束了今天的自習活動，在晚上接近十點，回到依然空蕩蕩的家。

那個空蕩蕩的屋子，仍然像個牢籠。

在這個牢籠裡，唯一一個堪稱救贖的時空，就是有貓所在的《聖泉傳說》。

登入畫面一如既往地令人期待與雀躍，上線之後，有貓在身邊的那個運河小船上，筆電螢幕的光，劃破黑暗寧靜的臥房，將他帶入希望與企盼的異世界。

「歡迎回來——」貓的密語從頻道上第一個傳來，那是能讓魚再度露出會心微笑的話語。

「我回來了。」

公會頻道上，來自金色秤子、祈祈以及紅麻糬的打招呼訊息，通常都是接在貓的密語之後。經常掛網發呆的「煞氣紅葉真情人」則往往在回神之後才補上他遲來的招呼。

最近甚至連柳情所操作的魔騎士「騎士手則」都會上線來與大家同樂。

大家都知道魚現在正在重考，網路上素未謀面的朋友們，總會對他的全新挑戰噓寒問暖、投予祝福，連有些尷尬的柳情，都會透過紅葉傳達她的關心與祝福之意。

有貓的歡快跳動，有「零分海賊團」的會員們一同歡笑、戰鬥、練等的這個遊戲時空，彷彿才是魚真正的歸宿。

「我回來了。」他不由自主地，在公會頻道上也打了這串字，惹來大家一陣笑鬧。

「零分海賊團永遠是你的家啦，大家都知道，對不對啊讚星。」

也是到了這個時候，魚才發現公會成員線上列表當中，「盛讚星屑」顯示的資訊是「線上」而非「暫離」，然而近期以來，每次他上線，讚星都不會跟他打招呼，也不會搭他的話。

「貓，讚星這是在躲我嗎？」魚用密語頻道向貓求證，換來的是一排無奈的表情符號。

「嗯……大概是從你退學，有一段時間沒上線那陣子之後吧。」

魚記得非常清楚，當時他準備離開水岸大學的時候，確實有從紅葉和柳情那邊知道讚星打算趁魚不在的時候有所動作。

「貓，雖然有點突兀，但我想問妳，讚星他是不是……對妳……」

「你們男生是不是都覺得女孩子是傻瓜啊。」貓的拳鬥士無奈地聳了聳肩，「紅麻糬也是，讚星也是，他們都是跑來找我在線上告白之後，人就怪怪的，還好魚你不會這樣。」

魚喝進嘴裡的一口水差點沒有全噴在螢幕上，仔細想想，自己之前確實是說了一大段跟告白也沒兩樣的話。

等等……連紅麻糬都搭上了嗎？

「讚星人比較死心眼一點，他是會長嘛，這個因為希望我加入而創的公會『零分海賊團』就是他一個衝動之下取的名字。你跟我這麼親近……說不定這次之後，他把你給封鎖了也不一定。」

這麼彆扭下去，也有些不舒服。

前所未見的，魚在心中下了一個從前作為優等生絕對不會做的決定。

明面上，「零分海賊團」這個公會是不為特定目的而存在的，在後期加入的成員，也不曉得最初的公會夥伴都是與貓特別交好的玩家，要說是「零分果汁貓」的後援會都不為過。

但在公會已經逐漸龐大的現在，組織成員早已今非昔比。會長的個人情緒牽動著所有成員的心情，大家都知道魚被針對，卻並不是真的每個人都明白出了什麼事情。

兩人喜歡同一個女孩，但貓對讚星的態度和對魚明顯有差異，在這點上引起的不平衡造成了隔閡。公會長明擺著對某個會員有意見，這樣的情形多少為會員們帶來了不安，流言蜚語鋪天蓋地，弄得頻道氣氛古怪至極，讚星卻始終對此視而不見。

「零分海賊團」如今早已不單純是一群好朋友聚在一起方便聊天的地方了，魚和貓一直很珍惜這一方在網路上得來不易的愉快角落，如今卻因為私人問題，弄得有些烏煙瘴氣，兩人都覺得這麼下去有些不妥。

為了解決這個問題，魚決定率先出擊。

「要找我去競技場？」

彷彿是一再確認眼前的訊息有多麼不可思議，讚星回傳的這一句話，卻並不讓魚感到太過意外。

「是啊，我覺得這樣也不是辦法，你在躲我對吧？」魚在《聖泉傳說》裡，說話一向並不如現實當中客氣忍讓，「不然就比一場吧，不要這樣子悶著，挺不痛快的。」

「不是我要說，你想比什麼？」讚星回答得也不算溫和，字裡行間已經有了些脫去禮數的惱怒之意，「你是讚美祭，渾身只有輔助技能。我主修驅魔，單練打怪都不成問題，你到競技場，難道要用讚美技能把我打爆嗎？」

讚星的回答是「要比什麼」，而不是「為什麼要比」，魚在心中更加確定，他確實帶著不容小覷的競爭意識。

「零分海賊團」一向是改版後第一個搶下秘境通關成就的菁英公會，讚星是伺服器頂尖的驅魔祭司，金色秤子是聖騎士職業頻道的名人。祈祈作為魔導士，在論壇上分享的魔導攻略被置入精華區已經相當長的時間，甚至連伺服器第一個純閃躲系刺客紅麻糬、PVP控場之王的紅葉全都不是默默無聞的玩家，場上誰也不是弱者。

就算是魚，在因為課業問題淡出遊戲之前，也是伺服器讚美祭司的頂點。

「我覺得應該要公平一點。」魚淡淡地回答道：「事情我也聽說過了，你曾在我因退學而離開遊戲的那段時間，為了陪貓練功，買了技能重置道具將自己洗成讚美祭司吧。」

「在你回來以後，我就讓路了，洗回了驅魔技能樹。」讚星的訊息當中開始透露出少許的不耐，「那是我的選擇，不好意思，我不需要你可憐我。」

「你不要誤會了，讚星。」魚舔了舔嘴唇，「我只是想要告訴你，不用這麼糾結而已。你讓不讓路，都贏不過我的。」

「你在說什麼，我看不是很懂。」讚星的話語裡終於開始漫上明顯的怒意，「你到底想怎樣啊，魚？」

「我也已經買了喔，你看這是什麼？」魚一面說，一面在聊天頻道上複製了特殊物品的名稱。

「這可是『技能重置捲』喔，你是不是以為自己在躲在驅魔祭司那一邊，就可以閃避戰場啊？我可以向你證明，今天就算我是驅魔祭，我也不會輸給你。」

所以，我的貓也不會讓給你——魚唯一沒有說出口的，是這一句話。

「……廢話少說，我等你研究驅魔祭司手法，明天競技場見。」

「不必這麼客氣。」魚微笑著敲出下一段豪語：「我們現在就去。」

讚星也不客氣，身為伺服器有名的驅魔祭司玩家，面對這種挑戰絕對不可以退縮。他不但接受宣戰，也在公會頻道上公布了他們兩人即將對決的消息。

包含貓在內，幾乎所有的公會成員都來到了競技場。

現場的人潮洶湧，讓本來就很熱鬧的競技場，更平添了幾分狂熱氣息。

不知是哪一個好事的玩家通風報信，在世界頻道上，「零分海賊團」兩位頂尖祭司要展開決鬥的訊息，短時間內便引起了伺服器級的大轟動。

氣氛熱烈，分明最初只是兩個夥伴的切磋，卻演變成巔峰擂台一般的全伺服器盛會，本來只想解決尷尬的魚，在這個過分鬧騰的環境之下，目的也不免變得模糊起來。

「魚！我早就想說了！貓不是你的！」讚星在密語頻道上激昂地說道。

「輪不到你來說，貓自己有決定權。但除此之外呢？不就是各憑本事嗎？」魚也不甘示弱地回密。

兩人劍拔弩張，在競技場當中，眾人甚至還自動自發地清了場子，儼然就像是零分海賊團的包場。

不明就裡的祈祈還拼命在公開頻道上為兩人加油：「魚跟讚星都加油，打一場好比賽唷——！」天然的程度堪稱傳奇，連她的男友金色秤子都在聊天視窗上甩了一排無奈的表情。

「今天我就要打破這個現況，如果我贏了，你就給我離貓遠一點，好好去考你的重考！」讚星怒氣沖沖地說。

「那也要你打得贏我，驅魔祭的手法和技能我可沒少研究過，可別以為能贏得輕輕鬆鬆喔。」魚也不甘示弱地應。

競技場的倒數計時剩下最後十秒，兩人的人物中間，幾乎能迸出肉眼可見的火花。

「霸靈鎚！」倒數結束的同一時間，兩人的頭頂上都出現了驅魔祭司的招牌技能，那是一個虛空當中閃現的巨錘，如果沒有在倒數時間預讀技能的話，根本沒辦法立刻用上。讚星給嚇得不輕，他沒想到預讀技能這回事，能在不打ＰＶＰ的讚美祭司「吸貓的秋刀魚」身上看到。

緊接著是第一招之後的走位，在距離原本位置五格之遠的地方擺下「避矢陣」，避免對方使用遠距離攻擊的「聖光矢」發動突擊，兩人複製了一模一樣的動作，躲進了遠距離攻擊的安全範圍裡。到此為止，幾乎是祭司之間ＰＶＰ時必然的套路。

魚這傢伙竟然研究得如此澈底嗎？不愧是原資優生——讚星在心底咬牙切齒地暗罵道。下一招，身為驅魔祭司一定會做的事情，就是在遠距離光陣的保護之下詠唱需要長時間準備，但只要中了就會引發定身、超額傷害的「聖言術」，這個指向性的大咒法是驅魔祭的殺招，前方柱形二十格距離的判定，比的是誰的詠唱速度要更快。

讚星感覺得到自己勝券在握，畢竟長久以來磨礪著他的驅魔祭司裝備，減少詠唱時間的稀有魔力賦予項目，早就已經湊得整整齊齊，放眼全伺服器上下，沒人的詠唱速度能跟他齊平。

然而正當他志得意滿的同時，系統訊息欄中出現了不可置信的訊息。

「系統：你的『聖言術』被『吸貓的秋刀魚』打斷了。」

仔細一看，魚竟然手持拳套，在他的面前張牙舞爪著。

「想不到吧，祭司的技能樹當中，被所有人當成廢技的『武鬥術』技能系，竟然有全點智慧的祭司會花技能點數投資它。」被武術「五雷掌」打斷詠唱且定身的讚星，眼睜睜看著魚好整以暇地打字給他看，「瞬步、五雷掌和迅風腳，這種表演性質的廢技，也只有我和貓這兩個玩票個性的人會想要試著實用化看看呢，呵呵……根本沒幾個人知道這招可以對付驅魔祭司啊。」

魚打完字之後，便走回自己的避矢光陣裡面，換回魔法書悠悠哉哉地詠唱技能，讚星絕望地看不能動彈的角色被聖言術籠罩，隨後魚勝利的訊息響徹世界頻道。

號稱伺服器最強的驅魔祭司，竟然也不過如此。

電光火石之間的勝負，讓讚星萬念俱灰。

「是我輸了。」他黯然地在公開頻道上留下了這行字，隨即出現了兩行系統訊息。

「系統：『零分海賊團』的公會長『盛讚星屑』將職務移交給了『吸貓的秋刀魚。』」

「系統：『盛讚星屑』離開了公會。」

十、沒有一場飯局不能說開的事

過了兩天，公會裡的氣氛終於變得平靜下來，似乎大家很快便接受了公會長易主的事實。

根據紅葉明查暗訪的說法，許多新進的公會成員都沒有太大的意見。魚憑自身的實力打敗了會長，雖然沒人知道這場勝負為何嚴重到需要以退會的方式收場，但魚與貓卻是心知肚明的。尷尬。

「盛讚星屑」的名字，在好友名單上呈現灰黑色的未連線狀態，如今也有兩天的時間。魚一直到現在都還不太能確定，究竟是自己被封鎖了，還是讚星真的都沒有上線。

「零分海賊團」這個公會，創會元老就是盛讚星屑、金色秤子、祈祈、飆風小綿羊、紅麻糬、煞氣紅葉真情人這幫子人，魚是最晚加入的。再算上作為公會精神核心的貓，就是個總計僅八人之譜的迷你公會。那時他們總是一起在副本門口蹲等散排的零星玩家一起打十人副本，海賊團也是在這樣的機緣當中，慢慢吸收那些原本獨行的玩家而壯大。

看著同時上線人數有接近百人之譜的公會線上成員名單，身為新任會長的魚到現在還是不敢相信，讚星竟然表現如此決絕。

這一晚，封閉區域「公會議事堂」當中，被認命為幹部的元老們齊集於此，用組隊頻道交換著意見。

「其實大家都知道啦，讚星喜歡貓這件事。」似乎是因為覺得已經攤牌了，所以紅葉毫無避諱地說道：「就我所知，這個公會的單身狗，哪怕是新進成員還是我們這些老屁股，男生當中喜歡過貓的數都數不來。」

「啊哈哈……」雖然在頻道上打了個這樣的狀聲詞，貓的人物卻作著垂頭喪氣的動作。

「什麼？連新進的都有？我以為只有廢羊和我這麼衝欸。」紅麻糬看起來有點吃驚地說：「看來我們都被貓打槍過呢，欸羊，我們是失敗者同盟喔。」

在當事人面前這麼侃侃而談沒問題嗎？魚在心底這麼嘟囔著，但同在議事堂的貓卻沒有半點閃躲的意思。

「你們這些人喔……貓也在欸，差不多一點喔，紅葉！廢羊！臭麻糬，你們這樣子是在欺負貓吧！」

祈祈的人物跳了起來，急匆匆地跑到貓的身旁，使用了雙人動作「抱抱」。

「你們知道嗎？要是被喜歡了，女生沒有蠢到不知道的，男生喔，好懂得很啦。」

祈祈這麼說的同時，金色秤子立刻從椅子上起身，在大議事堂的正中間躺下來裝死。

「對，這個裝死的聖騎士就是個例子。你們好像一直都有種錯覺，認為所謂的戀愛關係，都必須要靠告白才能確定——但事實上呢，你有沒有那個意思，女生心底又是怎麼想的，根本不必靠這種儀式就能弄清楚啦。」

「呵呵，大家都還是小孩子嘛。」一副情場老將架式的紅葉，一開口就是地圖砲，「在場除了秤仔、祈仔跟我，大家都還是大學生吧，動畫裡面都教大家要告白，小孩子會信以為真的嘛。」

魚在電腦前轉過頭去，恥辱地抿緊了嘴唇。

這不全給他說中了嗎？之前還不小心網路告白，給貓狠狠虧過。

紅麻糬他們現在是不是也在螢幕前面恥到發抖呢？魚想都不敢想。

話說回來，貓現在又是怎樣的表情呢？魚雖然好奇得不得了，但隔著螢幕，他還是只能看貓的拳鬥士和祈祈相親相愛地抱在一起。

「總之啊，擅自把貓當成賭注，擅自把公會丟給魚，這都有夠小孩子氣的。」有男友的祈祈理直氣壯地說：「不能不說這樣有夠青春啦，但是你們問過貓的感受嗎？沒有，你們只想到你自己，笨蛋雄性生物們。」

「那……妳說我們該怎麼辦啊？」小羊一面說，邊甩上了一排愁眉苦臉的表情符號。

良久，像是公會議事堂這張地圖斷線了一般，沒人吭聲。沉默蔓延在幾位海賊團的元老之間，凝聚著，鬱結著，不暢快的感覺令魚覺得頭昏眼花。

爾後，貓從椅子上站了起來。

「你們有人有讚星的LINK吧，比方說，紅葉？」

看到貓的提問，紅葉在電腦前不知是會摔下椅子還是笑出聲？魚不禁這麼想。

「真逃不過妳的法眼呢。」紅葉答道：「我確實是有，所以呢？」

「來網聚吧。」貓說道：「零分海賊團，第一次網聚，來聚餐吧各位！」

身為重考班的學生，魚其實並沒有真正意義上的假日。平日裡，包含上課和自習，一天足足有十二小時都在念書，週末例假日同樣也要上課，頂多減少了四個小時的自習而已。

脫離了學校的教育體制，在補習班的學習生活氛圍更多了些壓力與控制，但在魚的心底，卻享受著前所未見的自由。

在與母親公然反抗之後的這一陣子，路昭妍每天都待在研究室，再也不曾回家。原本就經常超過九點才回來的余祿自不必說，父子兩人一天當中連交談的時間都罕有，更別提如今更加見不到面的母親了。

父親慣常沉默寡言，又不太擅長處理親情人際關係。母親控制慾強，又不知道該給自己的家人何種形式的愛。兩人都不在家裡，對魚而言反而樂得輕鬆。

對現在的魚來說，即將面對的網聚反而是眼前最大的考驗。

特地為網聚請假的他心安理得，畢竟就算平日，他也會透過鎖在房裡玩《聖泉傳說》來維持有張有弛的讀書心態，還差半個月左右的時間就要面臨考試了，現在利用網聚來達成心情的調整與轉換，或者也不算壞事。

純文字公會的「零分海賊團」，平常連打本的時候都靠眼神，彼此的聲音都沒怎麼聽過，撇開讚星的事情不說的話，事實上這個元老聚餐本身應該要更值得期待一些。

到了台北車站，魚熟門熟路地跳上捷運，一路往青樹林站移動。

沒想到會先以這種形式回到台北市，魚在心底也是感到十分複雜。

貓現在怎麼樣呢？離開台北市也才兩個多月的時間，應該沒有什麼很大的變化才對吧。其他人如果看到貓的樣子，會不會也像他一樣感到驚豔呢？

一面這麼想著，魚也覺得忽然緊張起來了。

來到相約的地點「華斯漢堡」，可以看到一位身材纖細的長髮女孩已經在門口等候，魚幾乎是一瞬間就認出來，眼前的那個女孩就是過去經常在「任意門便利超商」見到的貓。

「你來啦，魚。」貓有些羞怯地說，一如既往的，和網路上的感覺有非常大的不同。

「我們是最早到的嗎？」

「距離約好的時間還有十五分鐘，其他人應該很快也會到吧。」貓微笑，她那過長的瀏海依舊蓋住了那雙飽含虹彩，如同夢境星空一般的雙眼。這個世界上，彷彿只有他和貓兩人知道她眼睛的祕密。

「請問——你們該不會就是魚和貓吧！」

身旁有像是軟糖一般既甜又彈的女聲響起，回頭一看，是位留著短髮的女孩。厚短鮑伯頭讓她本來嬌小的身形看來更加別致可愛，有精神的大大雙眼以及高舉的雙手，搭配著令人感到印象深刻的明亮感，再加上她背後那位沉默寡言又高大強壯，彷彿守護騎士一般的男士，魚與貓立刻就知道她是誰。

「祈祈和秤子哥？」

「哇！你們兩人給我的感覺，就跟遊戲裡面一樣呢！」

魚聽來只覺不可思議。

在他和貓兩人的相處模式上看來，在遊戲裡外的感覺，明明就應該是差很多的。他自己比起遊戲當中要更畏縮更躲藏一些，而貓也是表現得更為羞澀——

本該是這樣的。

「啊哈哈哈！是祈祈呀！祈祈好可愛喔！」

爽朗的笑聲、歡快的動作，這時候的貓竟然看起來和遊戲當中給人的感覺別無二致。

這究竟是怎麼回事呢？

緊接著，飆風小綿羊、紅麻糬，甚至是之前在水岸大學也曾見過的紅葉也到了場。現在身為紅葉女友的柳情——也就是阿手，也默默地跟著紅葉的身邊。

她染了一頭淡褐色的頭髮，留長了髮絲，和已經是社會人士的紅葉站在一起，變得相當匹配。

反觀自己，看起來仍然是個涉世未深的普通大學生。

兩人對上視線，短短的兩個多月時間，柳情已經能夠坦然地回以微笑，這一點讓魚的心底感到寬心不少。

大家都到了，就差一個人姍姍來遲。

「讚星呢？」祈祈憂心忡忡地問：「紅葉，讚星確實有說他會來吧，他人呢？」

只見紅葉低頭望著手機，微微皺了皺眉頭。

「這傢伙真的是……」他搖搖頭，嘆了口氣，「彆扭得要死喔，這人一小時前就已經到了，獨自一個人坐在二樓面窗的位置看著我們呢。」

眾人聞言抬頭一看，果然看見一位戴著細框眼鏡、長相斯文的長髮男子在二樓默默地招了招手。讚星是這麼孤僻的人嗎？魚在心底碎念道。

「欸——好吧！那我們進去吧。」貓催促著說：「既然大家都到了，就進去吧，沒事沒事！」

雖然貓嘴上說得輕巧，但眾人在進場時，還是不免糾結起來。

仔細想想，不管小綿羊還是紅麻糬，都是在遊戲裡曾經一股腦熱，向貓進行線上告白的人。

一行七人走上二樓，和獨自一人佔住八人位的讚星會合。

樓上分明客滿，本來應該氣氛無比熱絡，卻只有讚星那邊的氣壓看來特別低。沉重、凝滯，彷彿就連氧氣的濃度，都比其他位置來得稀薄。

「唷，小讚星，你的頭髮還是保養得不錯嘛，閃亮閃亮喔。」只有紅葉看起來像是跟他很熟似的，一見面就吐槽了起來。

「你也是啊，還是跟平常一樣油嘴滑舌的，你不是上班族，是男公關吧？」讚星冷冷地回道。

這景象彷彿似曾相識，畢竟魚還在水岸大學的時候，就曾經和紅葉有過類似的互動。當時第一次見到已經與柳情在一起的紅葉，不知為何也是能夠毫不保留地說出心底話，似乎這名叫李莫紅的社會人士，就是有這樣的魔力。

柳情看來與他十分登對，入時的打扮以及特別整理過的頭髮，與從前在水岸大學同班時相比有巨大的差異。當時的清純透明感已全然不復存在，如今的她，看來幸福又有魅力。

紅葉毫不客氣地坐到了讚星旁邊，柳情理所當然地陪侍在側，還順手拉了貓坐在身旁。祈祈見狀，是直接把魚推到了貓旁邊，自己則緊挨著旁邊坐下，還沒忘了帶上她沉默高大的男友秤子。

小羊、麻糬這兩個人見狀，摸了摸鼻子坐到了讚星身邊。

這麼一來，現場的狀況就像是三對情侶和三個單身狗的飯局了。

「為什麼魚就可以坐在貓旁邊啊。」讚星抬起了一邊眉毛，古里古怪地問道。

「因為你打輸了啊。」

出聲音回答的竟然不是愛損人的紅葉，而是貓本人，出乎意料之外的應對，別說是讚星本人了，就連魚也大吃一驚。

「啊——餓扁了。」矮秤子足足一個頭的祈祈高高地舉起雙手抗議道，只是個俏皮的動作，在場的男人們卻無不看傻了眼。那目測起來不知道有沒有一五〇的身高，是要有多能吃，才能有一副這麼雄偉的上圍呢？

但這樣的視線很快就被秤子和藹又深邃的眼神給壓了回去。

「大家把想吃的東西寫一寫，我們幾個女生去點餐吧。」柳情一面提議，一面從隨身的斜背包裡拿出紙筆，「吶，趕緊的。」

「嗯——不愧是我的小寶貝啊，貼心又機靈喔。」紅葉全然不加掩飾的放閃，讚星等三位單身狗自不必說，和貓之間似乎一言難盡的魚，也覺得自己吃了一嘴狗糧。

柳情今天穿的皮裙和她修長的大腿十分般配，祈祈嬌小卻暴力的身材也讓人不知道該把視線往哪擺，這麼看來，反而是瀏海特長、面貌要人看不清楚的貓顯得最為樸素。她身穿黑色T恤、以及明顯有些「歷史感」的普通牛仔褲，纖細修長的身段看來十分柔軟卻缺乏特色。除此之外，她就像是個鄰家女孩，強逼出來的親切與開朗，讓幾個男生感到有些距離感。

這樣的貓，也讓魚覺得看著有些不真實。

就像是演的——魚一面在傳來的紙條上寫下自己想要的餐點，一面在心底這麼嘀咕著。當點餐紙條輪過一圈，終於來到貓手上時，祈祈和柳情一左一右地將貓架了起來。

「咦？咦咦？」貓一臉狐疑地望著身旁兩位女生，只見她們兩人邪惡地笑了笑。

「貓的部分就下樓再考慮吧。」柳情態度堅定地說。

「美女們幫各位服務啦，現在人超多的，點餐可能要很——久的時間唷！呆瓜們，你們就在樓上等著吧。」

「我也——」金色秤子才雙手撐桌準備要起身，但祈祈一個惡狠狠的視線立刻把他壓回了椅子上。

「誰准你跟來了？這是我們的GIRL TIME！」

「瞭解了。」

女孩們嘻嘻鬧鬧地下樓以後，沉默立刻將剩下的五個男人深深籠罩。

尷尬。

尷尬至極。

那位紅葉明明聊天跟裝熟技能高得不像話，卻很明顯故意不帶話題，這種壞壞的感覺，和遊戲中身為控場王的咒術師紅葉，確實能夠聯想得起來。

到頭來，雖然《聖泉傳說》的營運方總是鼓吹玩家在遊戲裡活出不一樣的自己，但戲裡戲外，人總有一些部分是連結到自己最真實的部分。

想到這裡，魚不免想到——貓剛剛的表現特別不像她，是否也是受到尷尬的氣氛影響，促使她必須要像遊戲裡一樣，演出那個蹦蹦跳跳的拳鬥士「零分果汁貓」呢？

這樣的聚餐，絕對不符合魚本來的想像，因此他決定主動出擊——

「魚，對不起。」

正當他準備要說些什麼的時候，竟然是眾人當中看來最為沉默的讚星搶先說話了。

聽見讚星忽然這麼說，不光是魚，紅麻糬和小綿羊也被嚇得不輕。

在遊戲中始終強勢，有決策力、行動力的讚星，作為公會長一直十分稱職，大家對於讚星的印象，應該是更為冷酷沉著。

直到和紅葉對話時，他給人的感覺還像是遊戲裡那般風雨不驚。讚星就是個能夠掌控大局的會長——幾個月的相處下來，很難沒有這樣的刻板印象。

回頭想來，魚和讚星在競技場的那場決鬥，兩人都特別不像長久以來在遊戲當中扮演的模樣，當晚，魚看來執拗又不服輸，而經常作為意見領袖的讚星，則被輕易帶走了節奏。兩人都在情緒的帶動之下表現出真實自我的一部分，自己卻沒有發現。

如今看著低頭道歉的讚星，魚也是與眾人一樣呆了半晌，隨後急忙站起身。

「我、我也有不對的地方，那個……初次見面就道歉什麼的，怪透了不是嗎？別這樣啦！」

「噗！」看到魚慌慌張張的樣子，本來就和魚有過一面之緣的紅葉，忍不住笑出聲，「你這個冷漠的優等生，竟然也有這樣的表情啊？哈哈哈哈——我從阿手那裡聽來的你，可不是這樣子啊！」

魚臉上登時一陣青一陣紅，「你、你這……我改了還不行嗎？說來好笑，我現在可不是什麼優等生，只是個悲慘的退學重考生啦！」

「也不壞吧。」金色秤子一張看不出表情的臉，淡淡地應聲道：「有人情味，是好事。」

「你？人情味？」紅葉像是非常不可思議地望著他，「木頭臉跟人講人情味，差不多跟海豚教人家慢跑一樣弔詭啦，要人模人樣的是吧，問誰？問交際大師紅葉大人我本人就對啦。」

「你好意思。」讚星冷漠地望著紅葉說：「設局給人家跳，然後趁機利用吊橋效應來把馬子……你才是最該跟魚道歉的人好不好，交際大師。」

「什麼什麼？」紅麻糬聽到這裡，眼睛都亮了起來，「所以阿手跟紅葉在一起的事，有卦嗎？」

小綿羊也像是面色非常凝重的樣子，推了推下巴，雙手往桌面一撐，「八卦讚，我愛八卦，我要聽。」

「……你們就是這樣子才沒女朋友的啦。」被眾人圍剿的紅葉似乎也有點招架不住了，「好好，這一趟讓我請客，饒了我可以吧？」

「一言既出，駟馬難追。原來你這披著人皮的狐狸，也懂講人話嘛。」讚星笑著罵道。

在虧紅葉的戰場上連聲一氣，一夥人打破了沉默，全都笑了開來。

啊——究竟是為什麼，在網路上能為一件事糾結整晚，見了面之後，卻反而能夠一笑置之呢？魚在心中這麼想著。

望著同樣笑逐顏開的魚，讚星也像是在心中做了什麼決定似的，再一次正面向魚點了點頭。

「魚，我還是要再鄭重說一次，抱歉——其實任誰都知道，對貓而言，我根本沒戲唱，要真有戲的話，哪裡等得到你進公會呢？小羊和麻糬，你們也沒意見吧。」

「是啊。」紅麻糬語重心長地點了點頭，「事實上我們很早就都被打槍過了，也早就放棄啦。讚星這混球啊，在組公會之前也早就告白過一次了，這事連紅葉這個八卦魔王都不知道。」

「什麼？你小子還真是深藏不漏！竟然有留一手沒讓我知道的事情？」紅葉張大了嘴，一臉不可置信的樣子，「真是的，不過算啦，你們這樣也好，都有個結果了，很好很好。好好的搞個網聚，我也不是真的想要看到血流成河啦。」

魚看著大家一來一往，張嘴一直想說些什麼，但始終打不斷眾人之間的笑語。

與從前剛開始玩遊戲的時候不同，那時只不過有個人可以聊遊戲的事情，就可以開心很久。可玩的時間長了，慢慢地在遊戲裡也沒什麼祕密了，就算是下了線，也不會特別想要找人討論。

零分海賊團從前一向和樂融融，何曾想過在現實世界裡聚在一起，也能夠如此開懷笑談呢？

聊了一個段落，大家又靜了下來，不約而同地看向似乎有話想說的魚。

「關於貓，我只是比較膽小而已，知道你們大家都這麼有行動力，我事實上很羨慕你們。」魚語重心長地說：「你們喜歡貓，而且一早就說出口了，我呢，還孬孬地躲在舒適圈裡呢……」

雖然說過如果考上國立大學就要跟貓告白，等於間接在網路上告白過一次，但那並不是在有了心理準備的狀況下說出口的。而貓從那時起，一直是不置可否的態度，多少也磨得魚有些心慌。

「反過來想，貓在遊戲上始終是跟你黏在一起的。」讚星微笑著說：「就跟祈姐講的一樣，有些事情不必真的說出口，也早就有答案了吧。」

「我們這些人可是很羨慕你，也同時祝福著你。魚啊，不管之後的事情成不成，我們都會是你的朋友。」飆風小綿羊也獰著臉說道，樣子看起來像極了憋尿。

面對這樣的善意，魚反而退縮了。

我這樣的失敗者，可以被你們這樣祝福嗎？他不由得在心中這麼想。

「唷，臭男生們，竟然聊開了啊？」

心頭混亂之際，祈祈精神百倍的話聲響起，是女孩們回來了。

華斯漢堡的出餐模式，是讓點餐的客人先把飲料端走，爾後才按照訂餐號碼製作、出餐，有專人會將剛製作好的熱騰騰餐點送上來，就速食店來說是比較少見的服務模式。

但也因為這樣的關係，哪怕是速食店，也不會給人一種過分催促的緊張感，這種不即不離的服務距離，對於小型聚會而言也是非常合適。

零分海賊團的團員們都是大學以上的年紀，但也不算有獨立自主的經濟實力，華斯漢堡的價位比起其他速食店雖然略高一些，但也還算合理，是恰到好處的選擇。

剛好的美味、能夠包容一定程度音量的用餐環境，在大家的笑談之中，初次見面的窘迫與侷促可說是蕩然無存了。

反而是在這種熱烈的氣氛當中，魚這個人會顯得格外安靜。看讚星、紅葉、小羊、麻糬四個男人聊著有關北部、中南部大學生活的差異，甚至是女孩們的穿搭，話題簡直要人插不了口。

「我們中部的公司，薪水沒有北部多，可是不是我要講——台中市的物價也直逼台北啦。」祈祈一面搓著飲料杯上的吸管一面抱怨道：「要不是秤子他的待遇還不錯，我們也還在發愁呢。」

「愁什麼？」紅葉挑了挑眉毛，不懷好意地問道：「愁結婚基金嗎？」

「對啊……想想也差不多了，欸不是，我幹嘛一定要跟死八卦紅葉報告啊！」祈祈嘟起了小嘴，向紅葉吐出舌頭扮了個鬼臉，「你自稱超級營業員吧，可怕的控場專家啊，就沒有你請不起的飯局吧？你看著好了，既然你問起了，紅色炸彈一定有你一份的啦！」

看她們這兩組社會人士一來一往的講著婚姻的話題，讚星這邊的大學組則是學業上的交流越來越深入，魚逐漸有了一種莫名升起的抽離感。

「魚你不餓嗎？」

貓的聲音像是從其他人如同漩渦一般的談話裡探出頭似的，確確實實地吸引了魚的注意力。望著他面前沒怎麼動過的餐點，魚苦笑著說：「……也不是，算是聽大家聊得有點入神了吧，嗯。」

恍若什麼東西梗在喉頭，有口難言的不暢快感，是這樣一場看來歡笑不斷的聚會裡應該有的情緒嗎？

在貓的邀約之下，明明大家出來見了面，也說開了誤會。回頭看來那麼意氣用事的競技場決鬥，見面之後竟然可以如此平靜地化干戈為玉帛，是從前總以假面具示人的魚無法想像的情境。

魚在遊戲裡是個純輔助的職業，如果沒有他在的話，一個練功團、副本團基本上難以成形，在很少人願意練純補師的風氣之下，自然而然會讓他覺得自己是被需要的。然而在現實世界當中，他只是個不善言詞，交流有些困難的孤僻男孩。

相比之下，貓似乎早就已經明白線上與線下的不同，她微笑著注視這一切，關注每一個人的心情，適當地帶起話題，讓大家都能享受到聚餐的樂趣。

在這個聚會裡，似乎貓才像是真正的補師。

明明是這麼熱鬧，不久之前還覺得有些開心，和讚星之間的芥蒂也能夠緩解開來，但魚胸口的鬱結卻越來越發沉重。

像是看出了魚的情緒，貓輕輕扯了扯他的袖子。

魚望向那被長長瀏海遮住的雙眼，襯著她那好看的微笑，耀眼得難以直視。

「你又在想些瑣碎的事情對不對？」貓的笑容裡有著香甜的氣息，魚只覺得那香氣似乎有什麼特別的化學效果，否則就不能解釋自己的臉為什麼會那麼燙。

「我有點插不上話題，畢竟我……是個重考生。」魚小聲地說，希望不要打擾到其他人的興致。

而這份小心和溫柔，貓卻一點都沒有看漏。

像是下定了決心，她拉起了魚的衣袖站了起來，「各位，我覺得還有點餓，魚也是，我們下樓再點些東西。你們還要什麼嗎？」

「哇……貓妳這麼瘦，竟然比想像中還能吃欸。」小羊瞠目結舌地說道，隨即被麻糬在頭上敲了一記。

「廢羊，你懂什麼，正妹都是吃不胖的啦。」

「哈哈哈——小羊你這樣真的不行喔，真的會單身到轉職魔導士喔！」祈祈誇張地大笑，她那偉大的身材隨著笑聲輕搖起粉色的波濤，一再吸引著眾人的目光，也讓秤子不知道該驕傲還是該焦慮。

所有人當中，只有柳情注意到了一點點的端倪。

目送著貓和魚的背影，她微笑著吁了口氣，暗暗地自言自語道：「加油啊，笨蛋阿秋。」

而被貓拉著走下樓的魚，還滿臉糊裡糊塗的。

「我還覺得吃不下呢，貓妳居然想要加點？」

「你也真是傻。」貓微笑著說：「虧你從前還被阿手封為資優生，結果看氣氛的能力竟然是呆瓜等級。」

帶著滿腦袋的問號，望向貓那若有深意的笑容，他還是覺得有些緊張。

本來還沒意識到，加入排隊人龍之後，魚才發覺自己正和貓牽著手，雖然羞得不知該如何自處，魚卻也想不出任何理由，需要放開這冰涼又嬌小的手。

「之前你還在水岸大學時，那間任意門，打工的工作我還在做。」排隊之間，貓也沒有正眼看著魚，像是說故事般喃喃地說道：「從前你很常來吧，買早餐什麼的。」

「啊……是啊。」魚有些不好意思地點了點頭，「我這個人，吃飯其實滿隨便的。」

「你幾乎吃遍了所有口味的三角飯糰，而且每次都一定會配咖啡牛奶。」貓的笑容看來更為燦爛，那瀏海底下美麗奪目的眼瞳，彷彿閃閃發光，「天氣很冷的時候，你才會喝加熱過的。儘管天氣有點涼，只要不是寒流來襲，你肯定喝冰的。」

「嗯。」

貓細說著魚在水岸大學生活的購物身影，簡直如數家珍。哪怕是常穿的防風外套款式、比較常吃的飯糰口味，甚至是偶爾會買薄荷糖提神這類的小事，似乎都看在這位「任意門」的超級店員眼裡。

那雙大部分被瀏海給遮住的漂亮眼睛，是從什麼時候開始，將自己的一舉一動盡收眼底的呢？隊伍間、人群裡、細語中，鬼使神差地，魚與貓牽著的手，一直沒有放開。

她的聲音絲絲綿綿，飄散在空氣凝滯的密閉空間裡，漫出像是檸檬或柑橘之類的清香。它輕巧地鑽進魚的胸膛，一點、一點、又一點，撬開他變得灰色、無機、深沉且厚重的靈魂。

是了，是這樣的——為了逃離生硬的現實，為了反抗那個不能承載願望的家庭，為了能夠真正走到她的身邊，所以魚抗爭，藉由消極抵抗、退學、重考，要靠自己的力量，選擇自己亟欲踏上的道路。

那是徜徉在自己喜歡的學科、自己喜愛的遊戲、自己珍惜的人身邊，是這樣的未來。

轉眼之間，櫃檯前已經只剩他們兩人了。貓輕輕放開了魚的手，並沒有想像中的不捨。

魚有些失落地望著自己的手，上頭似乎還殘留著屬於貓的那股女孩甜香。我今天不洗手啦——像這樣的幹話，還真想跟蕭真漢說一次看看。

「兩位好！」負責點餐的店員精神百倍地問候道：「要來份情人專屬的雙人分享餐嗎？兩位看來很恩愛的樣子喔！現在點餐，還送精美紀念品一份！」

「啊……」聽見店員的提問，魚一瞬間想起在水岸大學旁，那間炒飯餐廳裡，貓曾經急忙否認的模樣。

當時她說——我們只是普通朋友。

雖是確實如此，卻也叫人有些氣餒。

「嗯——之後再說吧，我們還不是情侶呢。」

貓微笑著答覆道，沒有注意到魚正睜大了眼睛望著她的側臉。

是錯覺嗎？她的臉似乎很紅……

取了號碼牌之後，貓一手拿著加點的飲料，回頭撥開了瀏海，用她那如同蔚藍寶石般的瞳孔，將視線刺進魚的心頭深處。

搔疼著、輕飄飄地，又一次在魚的胸膛裡，種下了名為夢想的種子。

「那個啊……魚你笨笨的，說過的話……」貓的微笑依舊，但似乎有些扭捏，那眼神的直率當中，有著一絲絲的羞怯，「考上國立大學以後，你要怎麼辦，知道的吧。」

臉上再一次火燙起來，走回座位的路上，魚趕緊低下頭，怯弱地閃躲著貓水藍色的視線，「知、知道啦。但我又怕，不是一定考得上……」

「你一定可以的。」回到「零分海賊團」的聚會桌之前，貓輕聲細語的肯定著。

然後她笑了，笑得很開心。

「這是我們今天的網聚裡，第一次的獨處喔。」

至於她為什麼這麼開心，魚已經不敢繼續想下去。

否則的話，自己嘴角的上揚弧度，肯定會被紅葉慘虧一頓的。

十一、再也不迷路

網聚結束之後，魚回到家裡，重回他的重考生活。

有了現實當中見過面的基礎，從前只是遊戲小夥伴，那些僅僅只是個ID的存在，一瞬間變得有血有肉。

他們在遊戲裡說話時，魚的腦海裡，會不由自主地帶入他們的本來面目。

一起出團的時候，在前頭的秤子不再只是個單純的坦，負責輸出的小羊和麻糬、祈祈也不只是普普通通的打手。

雖說在水岸大學，魚和紅葉早已見過面，但如今連經常一起組隊的其他網路玩伴都變得熟稔起來，魚的心底還是覺得格外新鮮。

甚至，在網聚之後第二天，讚星也回到了公會裡。雖然為了避免混亂，讚星沒有要魚再把會長的位置還給他，但僅僅只是他回來了，魚也覺得心底好過不少。

貓在明面上表現得很有精神，在私底下就如同以往，帶著些許的羞怯。

兩人的默契一點一滴地聚集成名為思念的情感，也許有些事情確實就像紅葉講的，並不需要講明，它也會變成活生生的現實。

事到如今，貓所在的地方，就是魚棨實努力的方向。情感在醞釀，而關於告白？則更像是一個錦上添花的獎賞。

這一天在自習室裡，魚虔誠地向自習桌前全新的「目標提示」好好地膜拜了一下，隨即埋頭書堆，準備好展開今日的夜間苦讀。一旁的蕭真漢則越過書桌的木頭隔牆探過頭來，挑了挑眉毛，讚許地點了點頭。

看他那副心領神會的樣子，魚也不甘示弱地歪了歪嘴，向他示威了一下。

「真漢你幹嘛，笑得好噁心。」

「沒有啊，剛剛開始加入重考班的時候，還覺得你心事重重的樣子。」蕭真漢壓低了聲音，笑嘻嘻地說道：「看樣子，就算不用跟我一起靜坐、靈修，你也已經找到自己的方向了吧。」

他微笑著指了指魚桌子前面的「目標提示」，那是一張A4大小的白紙，上面有大大的毛筆字，筆力蒼勁雄渾，筆畫也是優美厚實。那是魚從小身為優等生，就不曾偏廢過的才藝——書法，他用這套不會丟臉的好手藝，為自己的自習桌前妝點了絕對不容忽視的警語。

「前往有貓在的地方。」

蕭真漢小聲地唸了一遍，換來魚面紅耳赤的模樣。

「你不要唸出來啦！」

「有什麼關係呢？嘻嘻，就像我以前講的，目標越明確越好。誠然，越是靠攏自己心中的慾望，那是更好。」蕭真漢戳了戳魚的腰窩，喜孜孜地說道：「畢竟，再過二十天就要面臨大考了，你現在非常專心，我很替你高興。」

「謝、謝謝喔。」

短短兩個多月的時間裡，蕭真漢已然是他的心靈之友，熟知他為了掙脫母親束縛、壯士斷腕且義無反顧的一切。身為母親曾經的學生，蕭真漢也同時是他的戰友，讓魚覺得自己實在非常幸運。

無論是在漫漫的網路世界，還是在現實當中，貴人始終會在一心一意、一往無前的時候出現在身邊，想來，這一定是持續努力的人，才能擁有的一點小小的幸運吧。

正自思量之間，身旁有腳步聲窸窣而來。

擡頭一看，那不是重考班的萬人迷，女神賴有媛嗎？

「余同學……」她高傲且冷淡地對魚點頭打了招呼，隨即望向蕭真漢的側臉。

隨即，魚也知道他絕對沒有看漏──賴有媛的臉頰似乎有點紅紅的。

「可以借一步說話嗎？」賴有媛就這麼保持著奇妙的態度，也不等魚回答，便自顧自地走向自習室的門口。

帶著一肚子的狐疑，魚終究還是跟了上去。

兩人走到補習班的書庫附近，賴有媛才終於停下了腳步。

由於此處只在新書入庫，以及新生領書的時候才會使用，因此別說是學生了，平常就算是補習班的職員，也不太會經過這裡。也因此，書庫成了一部分人密會的小角落，就像是學校的頂樓、體育館的後門，以及資源回收場附近的小道一樣。

班上公認的美女、班花、交際女王，朋友一大群，崇拜者更大一群的賴有媛，到底為什麼要把自己這樣刻意要邊緣的人獨自帶到這個地方來呢？魚在心中思忖著各種想法，但沒有一項能夠說服自己。

賴有媛一副心事重重的樣子，平常和別人談笑風生的那一股從容，就不知飛哪去了。良久之後，她才像是好不容易鼓起勇氣，用細微的聲音又一次問起：「你跟蕭真漢很熟吧。」

「咦？說熟不熟……我是指考三個月前才加入重考班的，再怎麼認識，也就一兩個月的交情吧？」

「可、可是……」賴有媛的樣子看來更加扭捏了，「你知道，真漢他有點奇怪吧，他一般都不太和別人說話的，下課時間也都在靜坐……」

魚越聽是越覺得莫名奇妙了。

要說不跟其他人打交道、下課時間都在靜坐這一類的行徑，雖說是有意為之，但現在的魚也是一樣的。這麼說的話，不就是拐著彎說他也很奇怪嗎？

但是她那副有話說不清的樣子，又不太像是來找碴的。這種不清不楚的感覺，略微勾起了魚的脾氣。

「所以妳到底想說什麼？」魚有些無奈地搔了搔後腦勺，「不要支支吾吾的，妳平常跟別人說話不是這樣的吧？」

「咦？這麼明顯的嗎？對、對不起……」

趾高氣昂的女王如此軟綿綿的模樣，竟然會讓魚感到如此焦躁，是他從前始料未及的事。

「我其實想問……真漢他有女友嗎？」

原來之前她說過要攻陷蕭真漢，是認真的嗎——魚不禁在心中吶喊道。

作為班上最詭異的學生，長達五個月的重考班生活當中，最常被人記得的事蹟是靈修、靜坐和絕佳的成績，這三件事分開來都算不得什麼大事，但組合在同一個人身上，就真的稱得上十分特殊了。

全班一百多人當中，大部分男生心中的女神——賴有媛，這樣一個絕對說得上漂亮又個性圓滑的女孩，到底為什麼會對蕭真漢產生興趣？

「抱歉，其實我也不知道。」魚在心頭上琢磨著他的個性，卻覺得這事應該由不得懷疑吧，「妳之前還那麼強勢地說要攻陷他一次看看，為什麼現在又這麼畏畏縮縮的啊……如果妳實在很在意，我是可以問問看他啦……」

「吵、吵死了，我也是人，會害羞的好嗎？不過……謝謝你啦，余同學。」賴有媛聞言喜出望外，笑容滿盈地深深一鞠躬。黑亮柔順的髮絲在魚的面前散成了飛瀑銀花，屬於年輕女孩的香氛，甩得他一臉的春意。

「我可以問一個問題嗎？」魚望著這樣的賴有媛，不自覺的，又想起了貓，「妳們女孩子在什麼情況下，才會像這樣迷上一個男人？」

「說、說什麼迷上！」徒勞的辯解，迎上魚的苦笑，賴有媛也知道這樣的分辯其實並無大用。於是儘管臉紅得都能在空氣裡烙出痕跡，她還是小聲地說了：「剛進來這個重考班的時候，其他男人接近我，都只是想要認識我。」

「嗯，妳長得漂亮，也沒打算收斂一下費洛蒙，所以理所當然的吧。」魚無奈地望著她那只能堪堪遮住臀部下緣的超短褲，以及特意露出乳溝的襯衫，「我也是男人，我不會吝於稱讚妳。」

「是、是吧？我可是很有自信的！」

能夠如此愛自己，也是不簡單的天賦呢。看著這樣的賴有媛，魚甚至覺得有點羨慕。

「可是，班上只有蕭真漢，從來不會主動靠近我。別說是對我有所企圖了，他甚至還過來勸過我！」賴有媛像是陷入了棉花糖裡一樣，帶著有些羞怯的表情說：「他要我不要浪費時間，如果有學業問題，隨時可以問他。」

原來如此，發自內心的針砭、正直且持平的關心、與他的成績相稱的援手，魚感覺能夠理解當時的蕭真漢，肯定散發著和其他男同學全然不同的氣場吧。

「就是那時候起？」魚抬高了音調問道。

「就是那時候起……對啦。」

紅撲撲的臉蛋，不知如何是好的扭捏小動作，讓她看起來不再像是個不可一世的班花，而是一個戀愛中的普通女孩。

「好吧，我幫妳問問看吧。」魚故作鎮靜地答允下來，隨即自顧自地回頭，準備走回教室，「我們錯開來回自習室，不然要是有什麼奇怪的傳言，我會很困擾。」

「好的，謝謝你！」賴有媛精神百倍地答道。

魚獨自回到自習室，一路上經過的每一個男同學，無不對他投予熾烈的眼光。

有嫉妒、有好奇、有疑問、有讚許……也就因為對象是賴有媛，所以這些男人才有這樣的反應。相反的，從女性同學而來的視線便寥寥無幾，這一點，倒是讓魚覺得鬆了口氣。

慢條斯理地踱回自己的位置，面對被第一美女找去問話的魚，事件的核心——蕭真漢本人甚至連問都沒有問，只是微笑著張望了他一下。

魚輕輕地嘆了口氣，小聲地問道：「真漢，你有女友嗎？」

「嗯？」

聽見這條罕見的提問，蕭真漢竟十分認真地回望向他，甚至還把椅子擺正過來。

「你很少問我學業以外的問題，想必這事情肯定十分重要吧？」

不不，一點也不——魚在心中極力否認著，畢竟他一點都不八卦，事實上蕭真漢喜歡誰，有沒有女朋友，他根本就不在意。

「既然你誠心地問了，我就要慎重地答，我就是這樣的人。」他那誠懇的眼光，銳利得都可以把魚身上刺個洞了，「我的回答是——我有喜歡的人，那人也喜歡我。」

出乎意料的答案，把魚剛剛在心中的糾結吹了個煙消雲散，好奇心大大地張揚著存在感，讓魚原本矜持著不聽八卦的原則也跟著灰飛煙滅。

開什麼玩笑，這可是被戲稱為「背後靈」的靈修尋道者蕭真漢，竟然也有人跟他兩情相悅嗎？

「人與人之間的相遇、相戀是一種神祕，你知道吧阿秋，我之所以探究靈修、想要學習哲學，是認為這個世界上存有真理。」

「嗯。」魚一面應聲，一面如搗蒜般點頭，「畢竟你初見面就跟我聊了這方面的事，要不記得怕是有點難。」

「是吧。」像是十分同意魚的觀點，蕭真漢輕聲說道，笑著點了點頭，「但是人與人之間，有許多事情不能用自然之理來簡單下判斷。我最後對於『喜歡的人』這件事所做出的判斷，就是『沒有道理』。」

人和人之間的喜歡，可以是沒有道理的嗎？魚想起了扭捏的賴有媛，確實——把她和蕭真漢兩人放在一起的話，根本沒人會覺得有道理吧。

眾星拱月的交際女王，與被戲稱為背後靈的靈修尋道人，這是正常該有的組合嗎？

「儘管沒有道理，你還是確認自己喜歡她，而她也喜歡你嗎？」魚問。

「是啊，那樣的女人，應該沒有人會不喜歡的吧。」蕭真漢微笑著說：「理智、自信，持續散發費洛蒙的女性魅力，是男人的話怎麼可以錯過呢？」

什麼啊，搞半天，原來兩個人兩情相悅嗎——聽到這裡，魚也覺得到不久之前為止的緊張與焦躁，稍微得到了緩解。

賴有媛那副扭捏、怯懦的模樣實在難得一見，原來人在陷入愛戀的時候，再自信的人也會變得不確定，再膽大的女孩也能表現得如此膽小。這個時候，魚想起了貓在網聚時所表現出來的反差。只在與他一道下樓時，貓的樣子看起來沉靜又溫婉，那雙湛藍清澈的眼瞳有著令人不由得深深凝望的美麗吸引力。其他時候，她就像是在遊戲裡一樣，蹦跳、歡快、活潑，甚至有一點點吵鬧。

零分果汁貓表現得不像遊戲裡的模樣，只在自己的面前有著不同的風貌。究竟她是不是也像賴有媛的心中有蕭真漢一般，沒有道理的喜歡呢？

「啊，糟糕，她來了。」蕭真漢笑著說，一面吐了吐舌頭。

「你們兩個，自習的時候不要聊天。」

魚回頭一看，是蓄著短髮、身材嬌小，敬業又處事嚴謹的導師正往他們兩人的方向走來。

「抱歉抱歉，小琳，我們在講很重要的事。」蕭真漢將自己的椅子挪回位置上，溫和地答道，「沒事了，我們講完了。」

「真是……上課時間，你應該要叫我老師。」話說完之後，導師侷促地撥了撥頭髮，又回頭往其他地方巡視去了。而她回頭時在臉上閃過的一抹飛霞，魚敢說自己絕對沒有看錯。

「喂，真漢。」魚顫抖著聲音問道：「你剛說的……有喜歡的人，對方的心意也很明確，難道是……」

「嗯，慧琳啊。」那很顯然是導師的名字，輕描淡寫又十分親暱，從蕭真漢的口中說了出來：「等我考上首府大學以後，就會正式開始交往了吧，現在嘛……你知道，社會觀感上不方便吧。」

魚感到全身有種脫力的感覺，重重地趴在自習桌上。

賴有媛還真是可憐啊……雖說對於一個稱霸全班男性目光，是個萬人迷的美女來說，大概不差他一個憐憫，但他還是在心中幫這個公認的重考班女神默哀了五秒。

也許喜歡一個人，真的是沒有什麼道理的吧。

重考班的課程進度掌握，比起一般學校而言更顯精準。考前二週，所有的課程進度都已經完全教授完畢，剩下的時間完全由學生自行掌握，也不再強制規定同學到補習班報到。

但是自習室依然可以使用，提供那些在家裡就會靜不下心念書的學生妥善利用。在這狂風暴雨一般的兩個半月裡，魚在家的時間，幾乎都鎖在自己的房間裡玩《聖泉傳說》調劑身心，除了偶爾余祿在下班之後會關心他一下，母親路昭妍則是從補習班衝突的那一刻起，便再也沒有回家。

但是魚並不覺得自己有時間去關心她的事，自己的路自己決定，自己的人生自己負責。既然下定決心了，就要對抗到底。魚望著自習桌前，他寫給自己看的鼓勵字條。目標是貓所在的地方，以及——首府大學中文系。

首府大學就在師道大學的附近，考得上的話，就學校本身的學術威望而言，也是一時之選。這是魚對自己發起的挑戰，沒有不全力拚搏的理由。

LINK上，來自貓的問候以及近況分享，像是手機螢幕上散發著璀璨光輝的一隅，帶給他無限的能量。魚微笑著熄滅手機螢幕，望著自習桌旁依舊沉默且認真的蕭真漢，他拍了拍自己的臉頰，準備要再度埋首於最後衝刺的複習當中……

就在這個時候，自習室的大門附近又再傳來了一陣驚呼。

「是她，又是她，余同學的媽媽！」

聽見如此耳語，魚整個人都僵硬了起來。

為什麼偏偏又在這個時候，那個人卻又再度打算橫阻在自己身前呢？

高跟鞋的喀叩聲逐漸逼近過來，就連無比認真的蕭真漢，也難免受到影響，皺著眉頭望向來者。

「小秋。」一如記憶中的聲音，並沒有為魚帶來絲毫的舒適感。

母親的聲音一直是爭端的代名詞，光是聽見她的嗓音，就足以讓魚的胃部升起灼熱的不適感。

「有什麼事？」魚從位置上起身，不客氣地說道：「只剩幾天就要考試了，這個時候妳還要來阻止我嗎？」

路昭妍的表情雖然看似一如既往地嚴肅，但魚依然看得出來，較之兩個月前的意氣風發、自信滿滿，她看起來少了從前的銳氣，似乎有些憔悴。

「我們偶然在家碰到也像陌生人一樣，你看到媽，只有這句話好問嗎？」路昭妍說的話雖然嚴厲，但語氣平淡得令人稱奇，「也是……畢竟我也知道，我是個失敗的母親。」

雖然如此，但魚並沒有打算有絲毫的退讓，「再任性的人也知道自己的兒女正在關鍵時刻。」他振振有詞地說道：「自己的兒女正在努力，妳做父母的，還能不能少扯一點後腿？」

字字句句，較之兩個月前更為尖銳刻薄，任誰都可以感受得出來，這對母子的親情早在不知多久以前，就已經走到了盡頭。

血濃於水這樣的話，只存在於紙上。天下無不是的父母，終究只是用禮教綁死人的主張。長年的親情勒索，使得母親的身影不再有著慈愛與思念，她的形貌恍若洪水猛獸，讓魚光是看著她，都幾乎要窒息。

良久，路昭妍淡淡地嘆了口氣，將手上的一袋東西交給了魚。

魚怔怔地收了下來，袋子沉甸甸的，就像是母親的面容一般沉重。

「有些事情不是說挽回，就能挽回的，就像是歷史一樣。綜觀歷史，總是一再重演著人類史上的愚蠢行徑，閃不開也避不過……而我身為歷史學者，是再明白也不過。」路昭妍抹了殷紅唇彩的雙唇之間，悠悠地吐出了這一段話，「這給你，說不上是什麼補償……我們母子倆就這樣吧，你抽空看看。」

話說完之後，高跟鞋的聲音又一次響起，她的身影就這樣在眾人的目送之中，消失在自習室的門口。

魚坐回了自習桌前，蕭真漢微笑著拍了拍他的肩膀，為他打氣。略微平復了心情之後，翻開袋子一看，裡頭是數本文組專用的指定科目考試考前猜題，以及一片不知來路的ＤＶＤ。

光碟片的表面寫著——余晨馨，是姐姐的名字，棉套當中還夾著一張紙條，上頭娟秀又不失力道的字跡，是屬於路昭妍所有。

「我是個失敗的母親。」上面這麼寫著。

魚默默地取出參考書，上頭密密麻麻地註記著可能出題的範圍，全都是路昭妍的字。雖然不知消息來源是否真確，但現階段，任何可以利用的東西，他都不會放過。

「都這個時候了，為什麼才要擺出一副母親的樣子呢？」魚一面碎念著，心頭有絲微的痛楚湧現，「如果早一點的話……」

可惜，人生終究是條單行道，沒有早知道。

在猜疑當中結束了自習，魚感到頭昏腦脹，心裡對於多日未回家的母親路昭妍交付的光碟片，雖則非常在意，卻又倔強地不想直接拿來看。

距離大考，僅僅只剩下數天的時間，真的有必要在這個時候攝取這些會嚴重影響到自己心情的東西嗎？

「貓，妳覺得我該怎麼做呢？」在《聖泉傳說》當中，魚無助地向貓問道。

「那光碟片上面寫著魚姐姐的名字吧？」貓的拳鬥士又叫又跳地說：「魚姐姐不是一直都對你很好嗎？也許你和媽媽的親情根本無法挽回，但姐姐應該是非常愛你的。」

「這麼說也對。」

別的不說，如果不是因為余晨馨把這台筆記型電腦放在他的桌上，也許他就這麼心一橫，斷了《聖泉傳說》這條關連。

雖然與貓早已交換了LINK，嚴格來說，就算是沒有在《聖泉傳說》當中見面，兩人也不算斷了聯繫。但是這個遊戲是兩人認識的起點，也是魚在大學生活當中發生改變的開頭。

如果捨棄了這個開頭的話，網路上的魚與貓，還能夠像現在這個樣子保持著一如從前，或甚至是更勝從前的聯繫嗎？

「魚姐姐從來不曾否定過你吧，包含你的生活、你的想法。」貓接著說：「甚至於你裝模作樣的優等生姿態，以及你的消極反抗、學業上的失敗……」

「說得真是夠狠的啊。」魚苦笑著望向螢幕上貓打出的這些密語，包含裝模作樣和消極抵抗這些面向，也只有無話不談的貓敢這樣子大剌剌地說出口了吧。

然而她說的確實沒錯，儒弱的自己、好強的自己、倔強的自己、愛戀中的自己。無論是怎樣的自己，他的姐姐似乎全都大大方方地接受，也原原本本的看破。

雖然他有一個無法維持家庭的父親，以及不懂如何愛孩子的母親，但他非常幸運，有一位這樣的姐姐，支撐著他對「家」的想像。

至少這個家，有一位那樣的姐姐。余晨馨代替失和的父母，為「故鄉」做出了定義，給了魚能夠回去的地方。

想到這裡，魚切換了畫面，將ＤＶＤ光碟片放入外接光碟機當中，接上了筆記型電腦。

整張光碟片裡面，也就讀取到一個檔案而已，那是個容量並不算小的影像檔，上頭寫著的日期，約莫是距今兩個月前。

那正是余晨馨去水岸大學的宿舍找魚之後沒有多久的事。

點開了影片，只見畫面上有密密麻麻的人潮，以及一個看起來並不尋常的場地。

這個場地看起來像是個慎重搭建的擂台，上頭寫的多國語言標語，正是這一場比賽的主軸。

「異、異種國際格鬥技擂台賽？」

擂台周邊有無數看板以及贊助商的廣告，這個平常也不容易看到的比賽場地，竟然是一場不知在哪裡舉行的格鬥技賽場。

掌鏡人一直沒有出聲，但是單從鏡頭架設的位置能夠非常清楚地一覽擂台全景，而且距離也相當近，負責拍攝的人肯定並不是一般民眾。

「哈囉——笨弟——」

熟悉的聲音從鏡頭傳來，那是身上穿著古流太極拳道服的姐姐余晨馨，正雙手比出勝利手勢，遍體鱗傷卻笑容滿面地對自己打招呼。

「姐姐！」儘管知道這是已經錄好的影片，久未聯繫的余晨馨以這種狀態出現在影片裡，還是讓魚不禁大喊了出來。

「嗯——如果笨弟你正在看這支影片的話，就表示媽媽屈服了吧。」余晨馨有些疲憊卻十分快樂的聲音，彷彿能夠直接鑽進魚的胸膛裡，搗弄他的靈魂，「還記得嗎？姐姐當年拿到大專盃古流太極拳格鬥冠軍的時候，媽媽說了一句話——『這種沒有用的冠軍，爭取它又有什麼用』，我想笨弟你搞不好還記得吧。」

魚當然不可能忘記。

那一天，姐姐好不容易獲勝之後，在母親的這句話之前澈底凝滯的笑容，簡直能夠讓這個虛偽的家庭當場凍結。也是在不久之後，姐姐放棄練拳，專心準備研究所考試，順利考取了母親指定的首府大學資工所。

「其實啊，我考上研究所之後，馬上就去辦休學了喔。當然，沒告訴任何人，包括你，因為你這個笨弟根本就藏不住祕密嘛，對不起啦。」余晨馨像是沒事一樣自顧自地說著，「自己的夢想要自己去追，而且一旦開始了就要愛你的選擇，比起後悔更要鼓起絕無僅有的勇氣，就像是姐姐現在一樣。」

畫面中，她舉起一條金腰帶，樂呵呵地笑著說：「你有空去查看看這場賽事的排名吧，姐姐去追夢了，而且做到了。笨弟你也不要放棄，無論是心中想要的生活、想要的科系、想追的女孩，不要活在父母輩的陰影裡，死命的伸出手去抓住它們吧！」

魚立刻切換到搜尋引擎，仔細一瞧，姐姐的名字正明列在賽事報導的新聞當中。

東陸冠軍——這幾個字，就是姐姐現在的頭銜。

「老媽，這就是我對妳的高壓教育，所做出的反抗！妳要是還有一點身為人母的自覺，就請把這張光碟片交給余韜秋吧！」

影片到此戛然而止。

魚在昏暗的房間當中站了起來，荒誕地笑了笑，隨後又安心地癱坐下來。

「我不會輸的。」他說。

指考結束之後，炎熱的夏季來臨，將心願和煩憂，一起融化在盛夏的城市裡。

人來人往的忙碌街景，彷彿綿延到世界的邊際。人群在寂寞的城市裡走走停停，妝點著彼此有所不同的生命風景。

魚在安靜的捷運車廂裡，聽電子合成的女聲，又一次地在頭頂響起。

「台北車站——到了。」

周遭的旅客彷彿被這道聲音喚醒似的，他們安靜又冰冷地從位子上起身，陸續往各節車廂已然開啟的門口走去。

在魚的眼中看來，這人群與其說是「走動」，以「流動」來形容，或許更適合這股萬頭攢動的人流。

是非常熟悉的車站景象——在水岸大學求學的那陣子，他也不時搭乘捷運，來到台北車站購買些東西。然而從前走在繁忙的地下街，卻從來不像今天這般充滿期待。

穿越忙碌而沉默的人群，撥開由腳步聲所交織而成的音浪，魚感到自己真的是一隻魚，正奮勇逆游而上，尋找他亟欲相遇的那個人。

「在這裡！」

長長的瀏海蓋住如海洋般湛藍奪目的瞳孔，長相與尋常人特別不同的美麗混血女孩，「零分果汁貓」正在不遠的前方揮著手。

魚也弄不清楚自己的腳步有多急，更不記得自己的腳下是怎麼給絆了一下，只知道他忙著跑向貓，卻差一點要摔在她的身上。

身手矯健的貓先一步扶住了他，又一陣子沒有見面了，幸好不是以摔得狗吃屎作為重逢的開場。兩人驚魂未定之間，互相望了一眼，旋即笑了開來。

「今天可是新生報到的日子呢，怎麼可以出師不利呢？」貓的笑容十分勾人，看得魚有些出神。

「妳好漂亮。」他怔怔地說，說得貓一張小臉紅通通的。

「笨蛋，走吧，你下車只是想要先跟我會合不是嗎？我們再回去搭捷運吧。目標——慈館！」

看她有精神地在前方領路，人潮彷彿全都不見了，忙碌而冷淡的台北車站走道上，原本接連不斷的腳步聲也跟著寂然。

世界與從前一樣擁擠，此刻卻恍若鴉雀無聲，女孩的黑色長髮在背後左右擺動，搔刮領子時發出的細碎聲響，是唯一能夠劃破寧靜的喧囂。

她在前方走，魚在後頭跟著。

他跟得很緊，她走得徐緩，兩人亦步亦趨，直到進入捷運車廂都未嘗分離。

到了車廂裡，四處再沒有能坐的地方，幸好到「慈館站」也並不是太遠，兩人將就地站一會兒，也不是什麼難事。

為了維持穩定，魚兩手抓在直立的金屬把手上，而略微矮他一些的貓，眼見把手似乎也沒什麼空間了，很自然地拉住了魚的手臂。

「咦……貓妳這樣站安全嗎？」魚有些慌張地問道。

「沒問題，你站得穩，我就安全。」她一面說，一面將身體輕輕地偎上了魚的胸口，「吶，這不就可以了嗎？」

魚的心跳快得可以從胸膛竄出來，這樣的他，終究沒能發現貓的臉蛋也紅得像是喝醉一般。

「雖說有點遲了，恭喜你順利考上國立首府大學中文系。」貓微笑著別過頭，空出手來取出一支髮夾，掠開了長長的瀏海，露出她那雙純淨燦藍的雙眼，由下而上凝視著這個大男生，「恭喜你……余韜秋。」

被直呼姓名的這個瞬間，余韜秋的臉蛋就像是燒紅的烙鐵。要是此刻他的頭頂正一噗噗地冒出蒸氣，大概也不覺得意外。

「妳幹嘛啦，忽然叫我名字，怪、怪不好意思的……」

「怎麼，我在等你到現在還沒說出口的話啊。」女孩俏皮地說道。

是了，此刻的她不是《聖泉傳說》裡的拳鬥士「零分果汁貓」，而是依偎懷裡的毛芝菱。他也不是祭司「吸貓的秋刀魚」，而是應該要兌現諾言的男人余韜秋。

他深吸了一口氣，心想道——這女孩是真的怪，怎麼就偏要在這人擠人的車廂裡面說呢？

「誰管你。」像是看穿了他心底的嘟囔，毛芝菱開懷而笑，綻得余韜秋心湖激盪，「你可以在網路上搞突襲，我就不能在通勤的時候整整你？」

「啊——好啦，我知道了啦……」

余韜秋難為情地撓了撓頭，望這個調皮的混血女孩露出微笑。

「妳記得之前在水岸大學旁的『五十炒飯』，有一位認識的服務生問我們是不是情侶，結果妳很快地否認了？」

毛芝菱歪著頭想了一下，輕輕點了點頭，「嗯，我記得。」

「我從今以後可以和所有人說，妳就是我的女友嗎？」

合成的電子音再度響起，那是慈館站就快要到了的提示音。

毛芝菱輕輕牽起了余韜秋的手，拉著他往門口走去。

繼網聚那一次之後，余韜秋再一次認識到——毛芝菱的手是這麼的小，而又非常有力氣。

「等一下，妳別這麼急啊，人這麼多……」余韜秋驚險地閃過幾個人的肩頭，眼前乘風破浪的嬌小身軀，卻沒有放慢腳步的意思。

「沒關係，我拉住你的手了。」她說：「否則我的男友，搞不好又要在人生的旅途當中迷路了呢。」

番外、後來的魚與貓

余韜秋順利考上國立首府大學之後，也不知不覺來到了二年級學期末。

在作為大一新鮮人時便積極投稿文學獎，短短一年多的時間裡，余韜秋完成了數本文集，除了在中文領域的知識攝取上充滿企圖心之外，更以新人小說寫手之姿迭創佳績。

也許是因為曾經重重地跌過一次，余韜秋在後來的學習歷程裡，比起其他的同學更有衝勁，中文這條路，他決心要走得與父親全然不同，有自己的風格，也有自己的願景。

退學重考的余韜秋升上大二之際，毛芝菱也已經是個大學四年級生，哪怕教育工作對她而言並不在人生規劃裡，她還是按照父親的期待，決定完成師道大學的學業。

為就職所需的教育實習讓她傷透了腦筋，但所幸有余韜秋相助，雖則十分難受，卻也一起度過了難關。

先有退學時共度的相互激勵與支持，後有就職活動之前的畢業製作與實習，余韜秋和毛芝菱兩人相遇、相戀，相惜，在遊戲裡一起成長，在人生旅途上攜手並進，直到毛芝菱快要畢業之前，他們已如膠似漆。

燠熱的夏季來臨，畢業時節近在眼前，本來正準備要專心迎接毛芝菱的畢業典禮，余韜秋的

LINK裡，卻忽然傳來了姐姐余晨馨的大消息。

「笨弟，姐姐要結婚了！」

看著對話框裡的來訊，余韜秋還在想，加了LINK之後的姐姐，聯繫老是有一搭沒一搭的，只在網路上聽說她三次衛冕東陸冠軍之後引退，也不知道後來到底幹什麼去了。

誰知道再收到姐姐的消息，竟然會是結婚喜訊。

「魚你打算怎麼辦？」毛芝菱並肩坐在余韜秋的身邊，那雙湛藍且深邃的眼睛盯著手機螢幕上的訊息直瞧，「姐姐指定你跟我兩人幫忙收禮呢。」

「對不起啊貓，老姐她有夠沒神經的。」余韜秋苦笑著搔了搔後腦杓，「也不管人家可不可以，她老是這樣。」

「我沒問題啊。」毛芝菱的笑容既甜美又令人安心，「收錢算錢這種小事，我可是專業的。」

面對這位在「任意門便利超商」任職已久的店員，余韜秋完全相信她句句屬實。

「余姐姐特別捎訊息給你，請你擔任收禮而不是單純當作來賓，這意義應該很重大，你們現在是全家最親近的兩個人吧。」

聽她這麼說，余韜秋不禁陷入了沉思。

在他考上國立首府大學中文系的那一刻起，或甚至是更早之前，母親路昭妍與父親余祿之間的婚姻便已經走到盡頭。也許他們兩人自己也明白這個道理，因此在余韜秋的重考挑戰順利落幕之後，兩人便協議離了婚。

余韜秋和余晨馨兩人都已經是滿二十歲的成年人了，有職業格鬥選手資格的余晨馨自不必擔心，就連余韜秋也在理想的理財規劃之中，有了安定的經濟能力基礎。在毛芝菱的介紹之下，余韜秋也積極展開工讀生活，學費與生活費方面完全不需要父母的奧援，少了撫養問題，父母的協議離婚並沒有太大的糾結。

中文系求學生活裡，和原生家庭的聯繫依舊十分平淡，余祿偶而捎來問候，而路昭妍傳訊的頻率則更低。儘管是靠血緣聯繫的家人，各奔東西之時，也是如此淡然且毫無波瀾，對余韜秋而言，無非是看慣的生活風景。

家人之間相互給予足夠的空間與距離，在這兩年以來，彷彿是他們全家之間不可不為的默契。但姐姐這樁婚事，除了找來弟弟、弟弟的女友之外，也明白地向已經離異的父母發了邀請。都知道余祿和路昭妍過去見面就只知道吵架，在婚禮上又要讓他們坐上主桌，萬一尷尬了怎麼辦呢？

「還是一樣，不管我怎麼想，都猜不透老姐在想什麼。」余韜秋深深嘆了口氣，「不過既來之則安之吧，退學重考都熬過了，不過是個婚禮嘛，有什麼好怕的。」

「你別擔心，我會陪著你的。」毛芝菱態度堅定地拉起余韜秋的手，「那我們走吧。」

「走？走去哪啊？」

「呆瓜，你有西裝嗎？我也沒有合適的洋裝啊。」毛芝菱眨了眨她那漂亮得能把靈魂吸走的雙眼，神秘地一笑，「我們去買當天的『時裝』吧。」

隔天一早，在捷運西門站，余韜秋和毛芝菱兩人從地下道走上來，熙攘人潮之前，有兩對男女早已等在那裡。

「啊——可愛的貓！」有精神的招呼聲傳來，一道嬌小又十分標緻的身影，幾乎是飛撲到毛芝菱的身上來，「雖然我們每個月都出來聚一次，可是每次看到妳都覺得好想妳喔！」

「祈姐太誇張了啦。」余韜秋苦笑著望向這位過度熱情，身材又過度暴力的美女在他的戀人身上蹭來又蹭去的，以求救的眼神望向旁邊的大漢，「秤子哥，這你家的啦。」

「要注意。」金色秤子面色凝重，一面將祈祈拉到懷裡，一面言簡意賅地說：「小心肚子。」

「哎呀，知道啦。」祈祈嘟著一張嘴，好像很不情願似地別開了頭。

定睛一看，余韜秋這才發現祈祈的小腹已經有了明顯的隆起，很顯然地，這一邊的喜事應該也不遠了。

「祈姐真是的。」就連一旁的柳情，也是一副憂心忡忡的模樣，「都已經知道要當媽媽了，還是要莊重一點啊，我查過的一些文獻說到，胎教的影響可是非常深遠的呢，萬一小孩也那麼皮，我看秤子哥真的要傷腦筋了。」

「祈祈妳看，不只秤子愛管你，我們家阿手也不惶多讓啊。看樣子妳不只身高矮，心智年齡也……」李莫紅話還沒說完，小腿上立刻就挨了三次踢，分別來自祈祈、柳情，還有毛芝菱，三位不讓鬚眉的女豪傑，都給他好好餵了一腳。

「我看紅葉你才是M鬼吧，自己討打的功夫，我看是越來越厲害了。」看他在一旁單腳跳個不停的憨樣，余韜秋一臉無奈地聳了聳肩，「好了，找你們兩對已經結婚的出來，就是想知道在婚禮上穿到什麼程度才算得體。前輩們，可以依賴你們嗎？」

「好，既然團裡的祭司都這樣講了，輸出就看我跟貓的啦！」祈祈的眼神像是放出精光，既興奮又認真，「秤子你把人潮擋好啊，紅葉控隊就看你的了，阿手……打游擊好了？零分海賊團出發囉！」

「那我呢？」魚苦笑著望著興奮不已的祈祈，指了指自己，「我要做什麼？」

「魚跟好貓就好啦——你吸貓長大的嘛！」

幾個人鬧成一團，余韜秋笑吟吟地望著幾乎什麼話也沒說，只是和這幾個人快快樂樂地走在不遠前方的毛芝菱，看她髮梢在背後搖來晃去，俏麗馬尾散放著淡淡的髮香，將這個本來過於擁擠的街區，染成了香甜的昏黃色。

從來也不曾想過，那時隨手下載來玩的線上遊戲《聖泉傳說》，會有那麼一天，為他帶來如此不凡的邂逅。

如今他有一起成長的朋友，一起交換心事的伙伴，他們一起大笑、一起胡鬧，一起經歷彼此人生的重要時刻，余韜秋那總是掛著禮貌用微笑的臉龐，換上了真心的笑容，便再也不曾卸下。

「不要跟丟了喔。」毛芝菱回頭用嘴形提醒道，而這樣的默契，只有他們兩人才懂。

「才不會呢，注定的好嗎。」余韜秋點頭回應道：「我可是吸貓的秋刀魚喔。」

「那麼按照計畫，挑完衣服以後，朝著麻辣鍋吃到飽，衝鋒前進啦——！」祈祈小手一揮，一行六人浩浩蕩蕩，零分海賊團在西門町的「遠征」，看來得有一陣子才能結束了。

頂級飯店門口，余韜秋身上穿著合身的黑色西服，難得一見地頂著一顆帥氣西裝頭，與毛芝菱兩人在門口接待賓客。

來訪者有皮膚黝黑的彪形大漢，有年過七十的企業大佬，有二十啷噹青春年華的男女，有打扮花枝招展的跨性別公關，甚至還有些看來散發著武者氣息的奇妙客人，他們來到這場婚禮，各自擁有一桌屬於自己的位置。

受邀參加婚禮的人，光用「男女老少」根本不足以概括，真要說句不禮貌的內心話，「千奇百怪」可能還更加貼切。雖說余晨馨的人緣極佳、人脈廣闊，做弟弟的卻從來不曾想過能誇張到這個地步。

相比余韜秋的不安，毛芝菱在收禮的櫃臺前倒是堪稱泰然自若。

她身上穿著一襲奶茶色的連身洋裝，別緻且合身的剪裁，讓她纖細的身段看上去十分高雅又美不勝收。在便利商店裡磨練出來的應對進退，使她能夠老練地應對每一位前來簽名登記、遞送禮金的賓客，她彎腰收下紅包的姿態、輕聲說明桌號位置的嗓音、盤高了頭髮之後露出的潔白後頸以及雙手交疊在身前接待的高挺身段，無一不是美景。

「魚你幹嘛一直看我？」毛芝菱明知故問地說：「這套阿手幫忙選的衣服很合適吧？雖然我一直覺得身材撐不起這套衣服，但看你的反應就知道，你很喜歡。」

「雖然妳老說自己洗衣板，但根本就是妳之前穿得太保守，才看不出來。」望著身旁這位有著燦藍瞳孔，每一位來賓都要大行注目禮的優雅麗人，余韜秋真是覺得自己上輩子肯定燒了好香、做過好事，「哪有撐不起來的道理，妳太漂亮了，我都覺得自己要被妳的聖光吞沒了。」

「祭司被聖光吞沒也太好笑了。」毛芝菱呵呵地笑了起來，隨後瞇著眼睛上下打量余韜秋的模樣，「你才是，人家都說西裝是男人的戰鬥服，我說哪，你現在戰力可高了。」

給毛芝菱這麼一說，余韜秋倒真的有些不好意思了。

「阿秋，芝菱，你們辛苦了。」

低沉的聲音打斷了情侶兩人的互動，余韜秋定定地往聲音的方向望去，那是他的父親余祿，與母親路昭妍兩人一起出現在門口。

「爸媽，你們來了。」

與剛才完全不同的語調令毛芝菱感覺得到情緒的緊縮，對余韜秋的家庭現況完全明白的她，也是第一次在通訊軟體之外與他父母交談。

「叔叔阿姨好，這不辛苦的啦，我的兼職工作就是便利商店店員，站一整天都不是問題喔。在余姐姐的喜宴上擔任收禮這麼重要的位置，開心比辛苦更多。」毛芝菱輕鬆的語調猶如春風，將余祿與路昭妍兩人看似十分凝結的表情輕巧地鬆懈下來，「你們能來，余姐姐一定很開心。」

「真的是……」路昭妍的臉上難得地掛上了微笑，「謝謝妳願意陪我們家那麼亂來的孩子，要是知道有妳這麼懂事的孩子陪著阿秋，我也不必……」

「不必窮擔心這麼多，是不是？」

余祿所接的話鋒裡，有容易釀成吵架的一點點尖銳痕跡，余韜秋看在眼裡，心底升起了難堪與緊張。

「你說得對，也許我就是下了太多不必要的心思，反而給孩子許多壓力也不一定。」路昭妍在說這些話的時候，抿起的嘴唇裡也有著絲微的笑意，而余祿的措辭雖則並不客氣，卻也沒有沾染半分怒意。

目送兩人相敬如賓，一左一右進入會場的模樣，余韜秋甚至沒有發現自己的嘴張得開開的，他那顯而易見的不可置信，看在毛芝菱的眼裡，是既心疼且惋惜。

「你還不趕快把嘴巴合起來，小心蚊子飛進去了。」毛芝菱伸手戳了戳余韜秋的臉頰，才讓他大夢初醒般揮別了腦袋空空的死魚眼，「也不用這麼驚訝，其實就是距離變得恰當了吧。」

愛一個人總有最好的距離，有些人適合相知，卻不見得適合相守。余祿和路昭妍兩人在年輕時一定也曾經歷了難以自持的美好，才有成為家人的契機。

換個角度想，雖然他們兩人的婚姻走到了最差勁的結局，但他和姐姐因為兩人的結合而出世，也才有現在這些精彩的人生風景。在這一瞬間，他忽然明白萬事通的姐姐為什麼會邀請父母兩人出席婚禮，還把自己與毛芝菱放在第一個見到賓客的位置上。

人是能改變的，他得要與毛芝菱一起看見這些，才能帶著全新的觀點往前邁進。

「貓我覺得，有妳在身邊真好。」

聽見余韜秋忽然喃喃地這麼說，毛芝菱歪著頭想了想，卻不是很明白他說的這些是什麼意思。

「如果不是因為有妳在身邊，我大概永遠不會有這種想法吧。」

「什麼想法？」她的疑惑又更深沉了些。

「不管了，等等我找姐姐商量去，她一定會欣然同意的——不不，說不定她早就料到我會想這麼做了吧。」余韜秋的笑容裡有著毛芝菱之前從來不曾看過的調皮，只見他拿起預先準備好的紅花，笑吟吟地說道：「嘿，左看右看，探房的時間到了。我去看看我老姐跟姐夫，順便把點子跟她講吧。」

婚宴如同預計一般順利。

也許是因為余晨馨在高中時便很受歡迎，大學時期更是追求者眾，研究所時期甚至休學參加異種綜合格鬥大賽，成為知名的東陸冠軍，因此來與會的賓客不僅僅只有她求學時期的同儕，各界的友人、國內外媒體記者或甚至是贊助商雲集，也難怪在收禮台前，余韜秋能看見這麼多形形色色的人。

相較於父母余祿、路昭妍的緊張不自在，余晨馨則是表現得十分坦然。對於這位不得了的姐姐，有不得了的婚禮本該是預料中的事，余韜秋卻還是覺得這一場非常順利的婚禮，其呈現依然超乎想像。

螢幕上播放著他最好的姐姐在擂臺上以古流實戰太極拳大殺四方的精彩片段，和他記憶中那個溫柔抱著他，在家裡度過家庭風暴的模樣可說是相去甚遠，但他望著台上意氣風發的姐姐，卻覺得這位與從前已截然不同的成熟女人，依然無比可親。

最令人訝異的是她的結婚對象——那是一位高大且魁梧的外籍男士，卻說得一口流利的中文。其體格威武的程度，一再讓毛芝菱與余韜秋兩人想起沉默寡言的金色秤子。

姐夫似乎是余晨馨在格鬥場上認識的對手，他們同時是勁敵也是惺惺相惜的伙伴，想也沒想過，他那位人見人愛的姐姐，最後會和一位如此強悍的男人結為連理。

「那麼沃斯先生，請發表一下你對新娘的愛意吧！」在台上擔任主持人的飯店女經理趁著氣氛正高昂，要當眾讓這位看來高大偉岸的戰士說出最柔情的話語。

台上穿著新娘服的姐姐余晨馨聞言，是把兩手往腰間一扠，向新郎沃斯先生眨了眨眼睛。簡直就像是反射動作一樣，那猶如巨岩一般的男人像是十分虔誠地跪了下來，雙手高高地托起說道，「我的女神。」

「這還差不多。」看到余晨馨滿意點頭的樣子，全場既是譁然，也有爆笑。

余韜秋苦笑著望向坐在主桌的父母，那對已經離異的怨偶，如今看見這個場面又該作何感想呢？他望向一旁觀禮的毛芝菱，見她也給姐姐和姐夫兩人逗得樂不可支，臉上不禁露出笑容。

「魚你又偷看我了。」注意到余韜秋的視線，毛芝菱的笑容裡帶了點羞澀，「沒關係，讓你看個夠。」

「我才不會客氣呢。」余韜秋笑著拉起她的手，「我是祭司嘛，常常仰望女神也是很正常的不是嗎？」

「亂講，讚美祭司信仰的是聖泉女神好嗎。」

毛芝菱的笑容更加可愛了，余韜秋知道自己肯定也有著好看的笑臉，那是一定的，像余晨馨、沃斯那樣幸福的對望，魚和貓當然也能擁有。

但他的原生父母，余祿和路昭妍又如何呢？他看著兩人在舞台前的背影，輕輕握了一下毛芝菱的手。

似乎是回應著他的決心，毛芝菱換了個手勢，短暫地與他十指緊扣，像是告訴他——無論你想做什麼，我都會支持著你。

「那麼，謝謝各位好朋友們！」當氣氛來到最高潮時，主持人大聲地宣布著，「是這樣子一個賓主盡歡的日子，今天晨馨和沃斯先生兩位新人的婚禮也到尾聲啦，那麼不免俗的，我們也來進行最後一個環節吧——抽捧花！有請我們新娘的小舅子韜秋，帶著象徵祝福的捧花上來！」

「真是的，要不是姐姐她打算大開大合地大鬧一場，這個捧花她早該拿在手上的好不好。」一上台就猛烈吐槽姐姐的余韜秋獲得了熱烈的掌聲，被這麼突襲的余晨馨則是笑吟吟地把兩隻拳頭按在余韜秋的太陽穴上狠狠轉了兩轉，又惹得來賓哄堂大笑起來。

「你好大的膽子啊，都要抽捧花了還敢這樣搞姐姐，想必你這個欠轉的小腦袋裡還有鬼點子啊——！」

「啊痛痛痛痛……」余韜秋狼狽地從無敵的姐姐手上掙脫開來，苦笑著點了點頭，「是啦，是這樣的，其實既然姐姐這捧花都被我拿在手上了，我決定不抽啦！我要給我想給的人啦！」

「咦——好任性喔——」余晨馨雙手盤胸，裝作一臉不情願的樣子說道：「那笨弟你想要給誰呢？」

姊弟倆人短暫對望了一陣，心領神會地笑了笑。

隨即，他們將捧花拆成了兩束，一起走向坐在主桌的余祿及路昭妍，在已經離異的父母兩人驚愕的表情當中，將象徵下一段婚姻祝福的捧花，交在了他們的手裡。

「爸媽，謝謝你們將我們生下來，儘管有些風雨，我和姐姐現在都走在幸福的路上。」余韜秋說。

「現在，我們把這個幸福交棒給你們。」余晨馨微笑著點了點頭，「請你們重新去追求屬於自己的幸福吧。」

這是有生以來頭一遭，余韜秋覺得自己終於看見了與從前不同的父母。

原來余祿是能笑得如此開懷自然的，原來路昭妍也能哭成這樣的淚人兒。

在所有人的叫好聲與祝福聲當中，毛芝菱靜靜地走到余韜秋的身邊，再一次拉起他的手。

「愛你。」她羞澀且輕聲的傾訴，在這一陣嘈雜裡，要傳進余韜秋的耳中竟毫不費力。

於是余韜秋也緊緊握住她的手，暗暗決定這一輩子都不會再放開。

「我也愛妳。」

（全書完）

釀愛情14　PG2750

網路上的魚與貓

作　　者　九方思想貓
責任編輯　石書豪
圖文排版　陳彥妏
封面設計　蔡瑋筠

出版策劃　釀出版
製作發行　秀威資訊科技股份有限公司
114 台北市內湖區瑞光路76巷65號1樓
電話：+886-2-2796-3638　傳真：+886-2-2796-1377
服務信箱：service@showwe.com.tw
http://www.showwe.com.tw
郵政劃撥　19563868　戶名：秀威資訊科技股份有限公司
展售門市　國家書店【松江門市】
104 台北市中山區松江路209號1樓
電話：+886-2-2518-0207　傳真：+886-2-2518-0778
網路訂購　秀威網路書店：https://store.showwe.tw
國家網路書店：https://www.govbooks.com.tw
法律顧問　毛國樑　律師
總 經 銷　聯合發行股份有限公司
231新北市新店區寶橋路235巷6弄6號4F
電話：+886-2-2917-8022　傳真：+886-2-2915-6275

出版日期　2022年5月　BOD一版
定　　價　260元

讀者回函卡

Printed in Taiwan

國家圖書館出版品預行編目

網路上的魚與貓 / 九方思想貓著. -- 一版. --
臺北市 : 釀出版, 2022.05
面 ;　公分. -- (釀愛情 ; 14)
BOD版
ISBN 978-986-445-645-1(平裝)

863.57　　111004156